Wolfgang Hermann

BILDNIS MEINER MUTTER

Erzählung

GEGRÜNDET
1999

Wolfgang Hermann

BILDNIS MEINER MUTTER

Erzählung

Czernin Verlag, Wien

Gedruckt mit Unterstützung der Stadt Wien, Kultur und des Landes Vorarlberg

Hermann, Wolfgang: Bildnis meiner Mutter / Wolfgang Hermann
Wien: Czernin Verlag 2023
ISBN: 978-3-7076-0788-8

Lektorat: Hannah Wustinger
Autorenfoto: Volker Derlath
Coverfoto: Privat
Umschlaggestaltung und Satz: Mirjam Riepl
Druck: Finidr
ISBN Print: 978-3-7076-0788-8
ISBN E-Book: 978-3-7076-0789-5

I

(1994)

I

Mit den längeren Schatten der Platanen auf dem Cours Mirabeau verblassen langsam die Farben und der kühlere Windhauch aus Nordwest, von den nach Arles reichenden Ebenen hinter Puyricard und weiter, von der Camargue und nordwärts, das Rhonetal herunter, löst da und dort vereinzelte welke Blätter aus den Kronen der Platanen, manche von ihnen trudeln, für einen Augenblick schwebend, wie Drachen an Schnüren auf die Promenade, wo die dicht an dicht Gehenden unachtsam über sie hinweggehen. Die Gehenden: Während die langsam herabsinkende Nacht mehr und mehr Raum einnimmt zwischen ihren Körpern, sehe ich ihre Augen steigen, aus der Nachmittagsmüdigkeit erwachen, dem lichterflutenden Abend entgegen mit der ohne Ende über den Cours, die Hauptstraße der kleinen Stadt Aix-en-Provence am Fuß der Sainte-Victoire, rollenden Wagenkette. Gut geschützt im Betrachten, will ich mit der Niederschrift über meine Mutter beginnen. Seit langem trage ich mich mit dem Gedanken, über sie zu schreiben, habe mir auch schon einen Ruck gegeben und begonnen, aber immer blieb es beim Angedeuteten. Heute, im sinkenden Winterlicht dieses Novembertags, will ich mit meiner Absicht ernst machen. Was weiß ich von meiner Mutter? Ich habe Bilder, Erinnerungen, Fantasien. Und ich habe mein Nichtwissen: Aus diesem Nichtwissen will ich meine Kraft schöpfen.

Ein erstes Bild: die Schreinerei meines Großvaters in Bregenz. Mutter wuchs mit dem Geruch von frischgesägtem Holz, mit dem trockenen Singen der Kreissäge auf. Der Holzgeruch, die Säge, das Versteckspiel hinter den Holzklaftern ist für sie zeitlebens ein Ort der Sehnsucht geblieben. Wieder und wieder erzählte sie meinen Geschwistern und mir dieselben Geschichten rund um die Schreinerei ihrer Kindheit. Die frühesten Bilder: Versteckspiele zwischen den Holzstapeln, große, starke Männer, die lange Balken über den Sägewerkshof schleppen. Einmal die Lustschreie eines Liebespaars, versteckt irgendwo im Holz.

Mehrmals am Tag dampfte die »Wälderbahn« vorbei, eine Schmalspurbahn, die Bregenz mit dem höhergelegenen Bregenzerwald verband, Endstation Bezau, nach etwa dreißig Kilometern abenteuerlicher Fahrt den Ufern der Bregenzerach entlang stromaufwärts. Das Zischen, Dampfen, Rauchen, Heulen dieser Eisenbahn prägte den Tagesablauf der Kinder im sogenannten Vorkloster, denn sooft das »Wälderbähnle«, wie man dort sagte, vorbeidampfte, rannte eine johlende Kinderschar los, darunter natürlich auch meine Mutter, die unmittelbar am Bahndamm wohnte, dem Zug hinterher, wie er langsam und beschwerlich die leichte Steigung hinaufschnaubte und rauchend, heulend, pfeifend im Tunnel verschwand, jenseits dessen es dann über Langen und Doren weiterging in den Vorderen Bregenzerwald. Ich selbst habe in meiner Kindheit einige seltene Male die Wälderbahn in diesem Tunnel verschwinden sehen, freilich nicht mehr dampfend, sondern von einer roten Diesellok gezogen. Und irgendwann in den ersten Gymnasialjahren sind wir mit unserem Lehrer von einem Schulausflug, nach einer langen Wanderung in Bezau angekommen, mit der Wälderbahn nach Bregenz herausgefahren, von wo uns dann ein gewöhnlicher Personenzug nach Dornbirn brachte. Diese Fahrt mit der Wälderbahn ist meine einzige geblieben. Ich sehe uns Halbwüchsige noch auf den Trittbrettern des fahrenden Zugs herumblödeln, den Mädchen im Wageninneren zuwinken, bis schließlich der erschreckte Lehrer uns in den Wagen zurück- und in die Ordnung hineinpfiff. Es war schon damals eine nostalgische Fahrt, und der umsichtige Lehrer hatte wohl mit uns einen Ausflug in die Geschichte machen wollen, wohl wissend, dass es die alte Schmalspurbahn nicht mehr lange geben würde.

Mutter hatte drei Schwestern und zwei Brüder. Sie war die Viertälteste, nach ihr kamen die beiden Brüder, Helmut und Reinhold. Reinhold hatte kein Glück: Er starb mit fünf Jahren an einem unerkannten Eiterzahn. Reinholds Geschichte hörte ich wieder und wieder aus Mutters Mund, von Seufzern des Bedauerns begleitet. Und manchmal war mir, als wäre er mein Bruder. Später allerdings, es ist noch nicht lange her, gestand mir Mutter einmal, sie wäre bei Reinholds Tod erleichtert gewesen, denn jetzt würde ihre Mutter ihn nicht mehr bevorzugen und verwöhnen können und für sie, die um zwei Jahre Ältere, falle wieder mehr Aufmerksamkeit ab. Der andere Bruder, Helmut, war der Jüngste in der Familie, und obwohl (oder weil?) Eltern und Schwestern sich besonders seiner annahmen, blieb er hinter allen Erwartungen zurück.

Fotografien zeigen die vier Schwestern immer vergnügt, hellwach, wie sie ihre Eltern umringen, der Vater herzlich und warm, die Mutter ein wenig ätherisch, ungreifbar dem Fotografen posierend, mit viel Sorge für Helmut, den Jüngsten, den man beim Betrachten leicht übersieht. Schon früh, wenn Mutter mir diese Fotografien zeigte, empfand ich Bedauern darüber, von dieser Zeit und dieser Familie ausgeschlossen und in die meine versetzt worden zu sein.

Ein Weihnachtsabend Mitte der Zwanzigerjahre: Meine Mutter war etwa drei Jahre alt. Ein Friseurmädchen aus der Nachbarschaft wird noch rasch zum Bäcker geschickt, die letzten fehlenden Kleinigkeiten für die Bescherung zu besorgen. Da sieht sie im Licht der Bäckerei gegenüber einen kleinen dunklen Körper am Zaun. Es ist ein kleines Mädchen, halberfroren, eingeschlafen im dichten Schneetreiben. Sie sieht in das Gesicht des Mädchens und erkennt die kleine Anneliese, der sie immer das Haar schneidet. Sie trägt die Halberfrorene nach Hause, wo man ihr Fehlen wegen der Festvorbereitungen noch gar nicht bemerkt hat.

Wer weiß, wer seine Mutter ist? Töchter und Söhne sehen ihre Eltern in Beziehung zu sich selbst, und, so ergeht es mir heute noch, bemerken mit Erstaunen, dass sie ein von ihren Kindern unabhängiges, ja ihnen bewusst verborgenes Leben führen. Meine Eltern lebten sosehr auf sich, auf ihr Haus, ihre Geschäfte bezogen und beschränkt, dass ich heute erstaune, wenn meine Mutter mir von einer guten Freundin erzählt, zu der sie über Jahrzehnte hinweg, seit ihrer Kindheit den Kontakt aufrecht erhielt. Mir erschienen meine Eltern immer so weit entfernt von der Welt, den anderen, dem Leben. Sie schienen, besonders mein Vater, keine Freunde zu haben und auch keiner solchen zu bedürfen, sodass es mir jetzt schwerfällt, mir die beiden in fröhlichem Gespräch mit Gleichgesinnten, Vertrauten, Freunden vorzustellen.

Als Kind glaubt man, das Leben seiner Mutter zu kennen, oder man glaubt, es zu ahnen. Später begreift man, dass man von einem geheimnisvollen Menschen großgezogen wurde, dessen Persönlichkeit sich in unzählige Facetten auffächert.

Ein Freund, dem ich von meinem Vorhaben erzählte, über meine Mutter zu schreiben, fragte mich, ob es nicht zu früh dafür wäre. Und richtig, ich nehme an, die meisten derer, die über ihre Mutter geschrieben haben, befanden sich in, wenn nicht vorgerücktem, so doch »stattlichem« Alter. Und sie taten es meist nach dem Tod ihrer Mutter, an Stelle eines nicht mehr zu führenden Gesprächs. Oder als Wiedergutmachung. Als Trauerarbeit. Als Ritus. Als Requiem.

Andere Zeichen stehen über meinem Vorhaben: Meine Mutter lebt, ich schreibe diese Zeilen also nicht für eine Tote. In einem halben Jahr feiert sie ihren 72. Geburtstag, während ich um fast vierzig Jahre jünger bin. Habe ich denn das Recht, über einen um fast vierzig Jahre älteren Menschen zu schreiben? Und habe ich es nicht jetzt, wann hätte ich es? Wenn ich selbst in ihrem Alter wäre? Aber die zu beschreibende Person altert ja mit mir, und galoppieren die Jahre nicht davon? Kann ich denn wissen, ob ich ein solches Alter erreichen werde? Nein, heute habe ich meine Spurensuche in Angriff genommen, und nichts soll mich von ihr abbringen.

Das Elternhaus meiner Mutter stand in der Mariahilfstraße 32. Sie erinnert sich noch an jedes Zimmer, und ihre Erzählungen ergeben ein anmutiges Bild: Im unteren Stock lagen die Wohnräume, das Wohnzimmer mit der schön gearbeiteten Kredenz aus hellem Nussholz, »der große Spiegel dazu passend, ebenfalls die Stühle und der Tisch«. In einer Ecke stand ein grüner Kachelofen »mit einer Eule aufgesetzt«, eine Nähmaschine mit großem Schwungrad, »das mit einem schwarzen Gummiband durch Fußbewegungen die Maschine in Schwung brachte«. (Wen zitiere ich? Die Stimme meiner Mutter, wie sie sich in ihren »Rückblick« betitelten Aufzeichnungen ausdrückt. Ich habe diese maschingeschriebenen Aufzeichnungen vor mir liegen und werfe von Zeit zu Zeit einen Blick hinein.) »In der Küche stand ein sehr schöner langer Küchenschrank mit weißem Oberteil, wo viel Geschirr drin Platz hatte. Dort drin hatte Papa auch seine dritten Zähne versteckt, weil er sich einfach nicht an sie gewöhnen konnte und auch nicht wollte. Mama kochte auf einem Holzherd, der ein Warmwasserschiff hatte. (...) An den Sonntagen gab es immer einen guten Kuchen oder eine Rahmtorte mit Schokolade ... Mama hatte eigene Hühner, um deren Nachwuchs sie sich selbst kümmerte. Im Frühjahr piepsten die frisch geschlüpften Küken im Drahtgeflecht ... Da war noch ein großes Wohnzimmer mit einem großen hellen Schrank und Tisch und Diwan. Von dort ging eine Tür in die Speis und von dort kam man über eine Holzstiege direkt in die Maschinenhalle unserer Schreinerei. (...) Eine steile Stiege führte in den ersten Stock, wo unser Bad und drei Schlafräume waren. Das Elternschlafzimmer mit einem wunderschönen Marmor-Doppelwaschbecken und einem langen Spiegel, dem Ehebett mit zwei Nachtkästchen, zwei Schränken und weichen Teppichen ... Dieses Schlafzimmer hatte einen nur den Eltern eigenen Geruch, den ich sehr gerne mochte. Er strahlte Geborgenheit aus ...«

Die Eltern meiner Mutter besaßen eines der ersten Autos in Bregenz. Man war jemand. Das Geschäft ging gut. An den Sonntagen fuhr die Familie mit dem offenen Steyr zu den Großeltern und Onkeln ins nahe Kennelbach. Die vier Mädchen trugen weiße Kleider, die beiden Brüder weiße Matrosenanzüge. (Beim

Betrachten der vergilbten Fotografien überkommt mich Stolz auf die Familie meiner Mutter, und für einen Augenblick sitze ich im offenen Wagen, auf der staubigen Straße nach Kennelbach, von den johlenden Dorfkindern als Attraktion begrüßt.)

Jahre zuvor hatte sich mit diesem Auto folgendes ereignet: Die Eltern meiner Mutter waren zusammen mit dem Werkmeister ihres Sägewerks in Kennelbach, das der Vater meiner Mutter inzwischen aufgebaut hatte, im Wagen unterwegs nach Dornbirn. Da geschah es, dass sie auf einem beschrankten Bahnübergang zwischen den beiden Bahnschranken eingeschlossen wurden. Der Zug raste heran, und mein Großvater trat aufs Gas. Damals war ein Auto noch ein Automobil: starke, schwere Kühler, wuchtige Stoßstangen. Mühelos durchschlug der Wagen den Bahnschranken, und sowohl Großmutter als auch Großvater und der Werkmeister kamen mit leichten Verletzungen und einem großen Schrecken davon. Das geschah nicht lange vor Mutters Geburt. Wäre Großvater nicht aufs Gas getreten, meine Mutter wäre nie geboren worden. Und die kleine Geschichte vom Bahnübergang ist es wert, am Kamin erzählt zu werden.

Jahre später, meine Mutter war inzwischen eine Frau von zweiundzwanzig Jahren, beschlagnahmte die in Vorarlberg einrückende französische Armee (die Vorarlberger hatten Gelegenheit, zum ersten Mal in ihrem Leben Maghrebiner und Schwarzafrikaner aus den französischen Kolonien zu bestaunen) den fabriksneuen großen BMW meines Großvaters. Meine

Mutter – mit der für sie typischen Empörung, die sie ihr Leben lang in ähnlichen Lagen, wo sie sich und die Ihren zu unrecht verkannt, benachteiligt, übervorteilt sah, ähnlich handeln ließ – bat ihren Vater um das Zuggeld nach Wien, sagte beim Abschied »Dieses Auto bringe ich dir, Papa!« und dampfte los. In Wien beschwörte, bekniete, überredete sie mit Hilfe eines aus Vorarlberg stammenden hohen Politikers den zuständigen französischen General, und eine Woche später wurde ihr und ihrem jubelnden Vater der BMW in Innsbruck ausgehändigt.

2

Am 13. März 1938, kurz vor ihrem fünfzehnten Geburtstag, hörte meine Mutter in der Handelsschule Marienberg zusammen mit Lehrern und Mitschülern den österreichischen Bundeskanzler im Radio: Die deutschen Truppen marschierten in Bregenz ein. Jetzt sollte eine bessere Zeit beginnen, die Rezession, die seit Jahren schwer auf der Schreinerei ihres Vaters lastete, würde ein Ende haben. Voll Freude rannte das junge Mädchen Anneliese durch die Stadt, begrüßte wie alle anderen die deutschen Soldaten mit Hitlergruß. Am Nachmittag war dann eine große Parade am Kornmarktplatz. Erst später erfuhr meine Mutter, dass unter den Paradierenden auch ihr zukünftiger Mann, mein Vater, war, bei den Einjährig-Freiwilligen dienend, die mit den deutschen Soldaten mitmarschierten. Noch am Vortag hatte mein Vater als Leutnant mit einem Bataillon zur Bewachung des Radiosenders im Dornbirner Ried Gewehr im Anschlag gelegen und wäre wohl mit seinen Männern gefallen oder in Gefangenschaft geraten, wäre nicht in letzter Minute der Befehl zur Übergabe des Senders an die deutschen Truppen eingetroffen. Übrigens die einzige Beinahe-Kampfhandlung, an der mein Vater auch während der folgenden Kriegsjahre beteiligt war.

Einen Monat später, am Abend des 20. April, fand anlässlich des Geburtstags des Führers ein großer Aufmarsch auf dem Kornmarktplatz statt. Formationen der SS, der SA, der Reichswehr, der Hitlerjugend und des »Bund deutscher Mädchen« (dem meine Mutter inzwischen angehörte) marschierten mit Fackeln auf. Auf der Tribüne neben dem Mikrofon standen ein blonder Hitlerjunge und – die kleine Anneliese. (Sie hatte sich, als es in der Schule hieß, wer ein Gedicht auf den Führer aufsagen wolle, freiwillig gemeldet, wie sie es, zur Freude der Lehrer, immer getan hatte.) Als die Musikkapelle schwieg, las der Hitlerjunge sein Gedicht von einem Zettel, stockte, da der Wind ihm das Blatt knickte, kam aber glücklich durch. Meine Mutter sah auf den Zettel des Hitlerjungen, auf seine zitternden Hände und wieder auf den Zettel, da fiel ihr ein, dass sie keinen Zettel hatte, von dem sie herunterlesen konnte. Was, wenn sie stockte, mitten im Gedicht nicht weiterwüsste? Nein, sie hatte noch nie gestockt beim Gedichtaufsagen. Und sie begann. Und es trugen sie des deutschen Blutes und des deutschen Bodens Wellen. Doch nach der ersten Strophe war da ein weißer Fleck. Eine Auslöschung. Ein Nichts. Die kleine Anneliese, die immer im Aufsagen von Gedichten brilliert hatte, wusste nicht weiter. Du, mein Führer, hochherrlich du … nein: Mein Führer, Hochherrlicher du … nein: Herrliches großes Deutschland du, deine Schwingen breitest … nein: Das alles war es nicht, das Gedicht. Und Anneliese ward schwarz vor Augen. Und der Kapellmeister ließ die Hörner röhren, die Tschinellen klingen, die Tuba tönen, die Posaunen posaunen, und die Hälse der Chorknaben reckten sich. Schnell steckte jemand der sich in Grund und Boden schämenden Anneliese den Gedichttext zu und jetzt, kaum war das Dröhnen verstummt, durfte sie ihr Gedicht doch noch vortragen, vom Zettel gelesen, versteht sich.

Die Eltern konnten nicht begreifen, dass ihre Anneliese, die auf allen Schul-, Weihnachts- und Geburtstagsfesten tadellos rezitiert, vorgesungen und aufgesagt hatte, an diesem für Großdeutschland so bedeutenden Tag so kläglich versagt hatte. Und auch die kleine Anneliese würde später nie mehr vorsingen oder aufsagen oder auf einer Bühne stehen, ohne die Angst vorm Hängenbleiben im Nacken.

Die Zeit beim BDM erlebte meine Mutter als ein großes Abenteuer: die Fackelzüge zur Sonnwendfeier, die Zeltlager, die Wanderungen, und vor allem: die Kameradschaftlichkeit. Bei einer Sonnwendfeier am Gebhardsberg lernt sie einen hübschen blonden Hitlerjungen kennen, der sie den weiten Weg nach Hause begleitet. Im Vorraum des Elternhauses versucht er von ihr einen Kuss zu erhaschen, sie entwischt ihm immer wieder. Er versucht ihr die Bluse zu öffnen, als ihre Mutter vom Hausinnern ruft, was es denn gäbe. Der Junge sucht das Weite. Als er ihr in den nächsten Tagen auf der Straße begegnet, kennt er sie nicht mehr. Jahre später erzählt ihr einer seiner Freunde, er wäre noch immer in sie verliebt.

Sie meldete sich zum Arbeitsdienst. Einen Sommer lang half sie einer Bergbauernfamilie am Thüringerberg bei der Arbeit aus. Früh am Morgen hieß es aufstehen, man wusch sich mit eiskaltem Wasser am Dorfbrunnen, dann ging es in die Hänge. Sie staunte über die Härte der Arbeit. Am Mittagstisch aßen alle aus einer gemeinsamen Schüssel, was sie ihr Leben lang nicht mehr vergaß. Sie war heilfroh, als sie ins Tal zurückdurfte.

3

Der Bühne galt ihre ganze Jungmädchensehnsucht. Und ihre erste Rolle ließ nicht lange auf sich warten: Sie spielte die Margarethe von Parma in Goethes »Egmont«. Später, nach dem Krieg, spielte sie auf der Freilichtbühne am Bodensee – wo fortan die Bregenzer Festspiele stattfinden würden – als einzige Laiendarstellerin die Frau des Heimkehrers im Heimkehrer-Stück eines damals bekannten Vorarlberger Autors. Die Aufführung wurde vom Österreichischen Rundfunk direkt übertragen. Kurz darauf erhielt sie von einem leitenden Rundfunkmitarbeiter einen Anruf, er lobte sehr und sagte, sie werde demnächst mehr von ihm hören. Aber er wurde, noch ehe er ein zweites Mal zum Telefon greifen konnte, von seinem Posten abberufen, und um meine Mutter blieb es still. Erst zwanzig Jahre später, als Mutter von fünf Kindern, stand sie im Dornbirner Schloßbräusaal, gegen den Widerstand meines Vaters, der seine Frau am Herd und nicht allen Blicken preisgegeben auf der Bühne sehen wollte, während fünf aufeinanderfolgenden Jahren stark geschminkt, im Reifrock oder als Marschallin in Operetten vor einem johlenden, tobenden Publikum auf der Bühne: im Vogelhändler, im Zigeunerbaron, in der Gräfin Mariza, im Fidelen Bauern …

Der Vier-, Fünf-, Sechs-, Siebenjährige, der ich damals war, schlief jeweils am Beginn der Premiere ein, um dann beim Auftritt meiner Mutter geweckt zu werden. Ich staunte, erkannte sie in ihren Verkleidungen kaum. Diese stark geschminkte Frau, die Arien trällerte, war meine Mutter?

4

Die Erzählung geht noch einmal vier Jahrzehnte zurück, in die Zeit kurz vor und während des Zweiten Weltkriegs: Im Juli 1939 schloss Mutter die Handelsschule ab und fand ihre erste Stelle bei einem Lebensmittelgroßhändler. Sie begann mit Begeisterung und ohne nach der Entlohnung zu fragen. Ihre Arbeit bestand hauptsächlich darin, Lieferscheine nach Nummern zu ordnen. Von ihren Mitarbeiterinnen wurde sie angehalten, um halb acht Uhr früh die Büroräume aufzuräumen. Sie fügte sich. An den langen Nachmittagen war sie öfters dem Einschlafen nahe. Als der Geschäftsführer ihr am ersten Zahltag zwanzig Reichsmark in die Hand drückte, revoltierte sie: »Ich bin doch hier nicht in der Lehre, schließlich habe ich die Handelsschule gemacht.« Und sie kündigte und ward beim Lebensmittelgroßhändler nimmer gesehen.

Sie trat ins Büro ihres Vaters ein, hatte aber in der Buchhaltung noch keine Arbeitserfahrung. Als ein Betriebsprüfer vom Finanzamt sie um Einsicht in die Betriebskasse bat, verweigerte sie ihm diese aus Angst, mit dem Kassenstand könne etwas nicht stimmen. Das blieb nicht ohne Folgen: Ihr Vater wurde vom Finanzamt vorgeladen und man teilte ihm mit, dass er eingeschätzt werde. Ihr Vater schalt sie deswegen gründlich aus, und sie bereute ihren unachtsamen Schritt.

Meine Mutter genoss die Lagerfeuer, das gemeinsame Singen und Wandern mit den Burschen aus der HJ, ein neuer Wind wehte im Land, es ging aufwärts, ringsum sprach man von einer großen Zukunft, der man entgegengehe. Meine Mutter interessierte sich nicht für Politik, mehr für das Zusammensitzen und das Singen.

Damit war es bald vorbei. Deutschland fiel in Polen ein, und die jungen Männer verschwanden an die Front. Meiner Mutter wurde es zu Hause zu eng. Die Fremde lockte, ungeahnte Möglichkeiten warteten überall. Dann kam der reiche Onkel aus München. Er hatte es als Bauunternehmer dort zu Wohlstand gebracht, die Geschäfte florierten, und der Krieg versprach unendliche neue Aufgabenbereiche. Schon früh hatte er sich durch Großaufträge wie die Patscherkofelbahn in Innsbruck profiliert, früher noch, während des Ersten Weltkriegs, durch die Arbeitskraft von Kriegsgefangenen, vornehmlich Serben und Kroaten, billig gebaut. Noch 1934 saß er wegen Mitgliedschaft bei der in Österreich illegalen NSDAP im Gefängnis. 1936 gründete er, rechtzeitig vor dem Anschluss, in München eine zweite Niederlassung. Bei Ausbruch des Krieges hagelte es für ihn die großen Aufträge: Der Flughafen München-Riem war zu bauen, im bald besetzten Frankreich die Startbahnen des Flughafens

Villacoublay, und noch heute und bis in alle Ewigkeit gültige Denkmäler des großdeutschen Expansionswillens: die Bunkerbefestigungen des Südwalls an der französischen Mittelmeerküste von Cerbère bis Menton.

Bei Kriegsende saß der reiche Bauunternehmer zweieinhalb Jahre im Pariser Gefängnis Cherche-midi, ehe ihn ein französisches Gericht freisprach. Er kehrte im März 1949 nach Österreich zurück, ganze dreiundfünfzig Kilo schwer. Bald stand er seiner Baufirma, nach dem Krieg zunächst unter öffentliche Verwaltung gestellt, wieder vor, und war wieder so erfolgreich wie je: Seine Baufirmen in Bregenz, Innsbruck, Salzburg, München, Wien waren mit den großen Donaukraftwerken, den Vorarlberger Illwerken, den Tauernkraftwerken Kaprun, den Steirischen Wasserkraftwerken voll ausgelastet.

Diesen reichen und gegen seine Verwandtschaft großzügigen Onkel bat meine Mutter – man schrieb das Jahr 1940 –, ohne ihren Eltern ein Wort davon zu sagen, sie mit nach München zu nehmen. Und wirklich kam der Anruf aus München, sie werde abgeholt. Die Eltern meiner Mutter verstanden ihre Tochter nicht: Du wirst gerne wieder heimkommen! Antwort: Und wenn ich Krotten fressen muss, bleib ich draußen!

In einem großen noblen Wagen wurde die Siebzehnjährige von einem Betriebsbuchhalter, der wohl ohnedies nach München musste, in die ferne Stadt eskortiert. Man lachte viel. Man verstand sich gut. In München angekommen, fragte der reiche Onkel, ob sie denn schon wisse, wo sie wohnen werde.

Enttäuschung: Er ließ sie kommen, ohne dieses Problem gelöst zu haben.

Im Herrschaftshaus einer ein wenig erstaunten Tante war eine Dachbodenkammer frei: Dort quartierte man den Unschuldsengel aus der Provinz ein. Großes Staunen am nächsten Tag, als der Onkel ihr die Belegschaft und die Arbeitsräume seines Hauptbüros vorstellte. Zehntausend Arbeiter und Angestellte. Das war Reichtum. Das war Macht.

In Onkels Haus wohnte ein Freund ihrer Bregenzer Cousins. Sie hatten Briefe miteinander gewechselt. Er war ein wichtiger Grund, nach München zu gehen. Aus Schüchternheit wagte sie nicht, nach ihm zu fragen. Und er fragte nicht nach ihr. Und so sah sie ihn während ihrer ganzen Münchner Zeit kein einziges Mal.

Man teilte sie dem Hauptbuchhalter als Hilfskraft zu. Ihre Aufgabe war, in seinen Journalen nach Buchungsfehlern zu suchen. Der Hauptbuchhalter war, notiert meine Mutter, »stets fast ein bisschen betroffen, wenn ich ihn auf falsche oder fehlende Buchungen aufmerksam machte«. Die bisherige Sekretärin verließ die Firma, und das Mädchen aus dem fernen Bregenz rückte an ihre Stelle. Sie hatte jetzt ein eigenes Zimmer, schrieb Briefe nach Diktat und stellte Schecks aus. Mittags aß sie alleine in einem nahegelegenen Gasthaus. »Die bayerische Küche war längst nicht so gut wie Mamas Essen. Ich kam mir allmählich doch ziemlich einsam vor.« Im Büro waren alle älter und verheiratet oder geschieden. Und: »Ich spürte auch, dass man hier andere Moralvorstellungen hatte, als ich es gewohnt war.«

Sie staunte über die Bezahlung: Hundertzwanzig Reichsmark auf die Hand, das Sechsfache des Gehalts beim Lebensmittelgroßhändler.

Der reiche Onkel war großzügig: Nach dem Firmenweihnachtsfest sagte er: Heut hab ich wieder eine schöne Villa verschenkt. Bezahlung von anständigem Weihnachtsgeld war unüblich.

Meine Mutter spürte, dass sie ihrer Tante – obgleich sie ihr einen Großteil ihres Lohns abgab – zur Last fiel. Stirnrunzelnder Onkel im Hausflur, morgens. Sonntagsspaziergänge im Englischen Garten. Sonst immer im Büro.

Ich stelle sie mir vor, hübsch, mit hellen Augen, wachen Sinnen, Sehnsucht nach der großen Welt, den Theatern, den Konzertsälen, der eleganten Welt, den gehobenen Umgangsformen, dem »Kavalier«, der exquisiten Garderobe, allein in München. Die Tage gehören der Arbeit, und im Haus der Tante ist sie unerwünscht, das bisschen Geld, das noch fürs Essen, für die Straßenbahn, für eine gelegentliche Tafel Schokolade bleibt, und: Gehorchen. Funktionieren, reibungslos. Du bist niemand, merk dir das! Du bist die Nichte vom Chef, vom Herrgott, na und? Kannst du dir damit etwas vergolden? Du bist auch nur ein Niemand, deine schüchternen, verschreckten Augen zeigen es.

»Zu Weihnachten fuhr ich heim nach Bregenz.« Sie zeigte nicht, dass es ihr in München nicht mehr gefiel. Sie war wer. Eine große Sekretärin. Zwar nur die vom Oberbuchhalter, der immerhin dem Onkel eine große Stütze war ... Nein, sie gab nicht nach, war ehrgeizig. Zurück also nach München. Schon bald kam ihre Schwester Stefanie auf Besuch. Die spürte natürlich, dass meine Mutter nicht zufrieden war. »Warum kommst du nicht zurück nach Hause? Wir machen sonntags mit dem Auto Ausflüge ... es geht uns gut ...«

Nach der Abreise der Schwester ließ der reiche Onkel sie zu sich kommen. Man braucht dich daheim, hieß es, wenn du willst, kannst du nach Bregenz zurück. Die übliche Geschichte also vom Mädchen, das man heimholt, weil das Leben in der Fremde so kalt ist und schwer?

Zuhause angekommen, war sie wieder glücklich wie ein Kind. Vertraute Gerüche. Überschaubare Welt. Lachen. Viel Heiterkeit tagaus, tagein. Vor allem auf gut Vorarlbergerisch: »Ma kennt anand«.

Sie sucht keine Anstellung im Büro des Vaters. Sie ist jetzt überqualifiziert. Von einer Tante kommt das Angebot, bei einem Geschäftsfreund eines Bregenzer Onkels anzufangen. Wieder ein Baumeister. Aber einer, der in überschaubarem Umkreis baut. Kein Weltenstürmer.

Sie fängt an, überläßt die Lohnfrage ganz ihrem neuen Chef. Soll er sehen, ob sie ihr Geld wert ist. Sie ists wert. Sie ist rührig wie eine Ameise. Und alles macht sie richtig. Kein Wunder, dass er da Gentleman sein kann »vom Scheitel bis zur Sohle«. Zwar pafft er ihr beim Diktat den Rauch seiner Zigarren ins Gesicht … Aber diese Scharte wetzt er durch viel Lob und viel Humor wieder aus. Und sie legt sich ins Zeug, zeigt, wie unentbehrlich ihr Ameisenfleiß ihm bald sein wird.

Bald arbeitete sie auch abends. Wurde in die Wohnung des Chefs eingeladen, »wo es nobel zuging«. »Genau das hatte ich mir gewünscht.« Überprüfen aller Abrechnungen. Vorbereitung der Rechnungen zur Buchung. Führen des Kassenbuchs. Sie fand die Arbeit interessant und lehrreich. Das Gehalt war gut: Sie verdiente hundert Reichsmark, wovon sie achtzig zuhause abgab. Dann und wann steckte er ihr ein Trinkgeld zu.

Was kommen musste: Sie verliebte sich in ihn. Er sah gut aus, war sympathisch, liebenswürdig, »verstand es mit den Frauen«. »Es blieb bei Schmusereien«, notiert sie. Er respektierte, dass sie noch Jungfrau war. »Er würde mir das nie antun, sagte er.« Oft fuhr sie mit ins Montafon auf Baustellenbesuch. Das war damals weit weg. Zwei, drei Autostunden. Der Gentleman, der es mit den Frauen verstand, verstand es natürlich auch mit anderen, außer seiner eigenen: Einmal wartete meine Mutter in Bludenz zwei Stunden im Auto, bis er einen Frauenbesuch erledigt hatte. War sie eifersüchtig? Ja. Aber sie war auch stolz. Und streng katholisch. Einmal, das heißt: Für immer. Also warten. Der strahlende Glücksritter wird schon kommen. Noch strahlender als ihr neuer Chef? Nein, aber wenigstens nicht verheiratet.

Sie war umgänglich. Leutselig. In jeder Gesellschaft gern gesehen. Einmal mit dem ganzen Betrieb per Fahrrad nach Kressbronn (Benzin war da schon Mangelware und schwer zu bezahlen). Im Gasthaus alle bester Stimmung. Rundum prostete man ihr zu. Das war die Bewährungsprobe: Sie schlich sich in die Küche, nahm einen Schluck Speiseöl, wie ihre Mutter ihr einmal riet. Dann tat sie, als würde sie trinken, nippte aber nur. Sie hatte Angst vor dem Alkohol. Angst, er könne sie enthemmen. Wer enthemmt ist, handelt leichtsinnig. Also nicht enthemmt sein. Hemmungen sind gesund. Außerdem war das Zusammensitzen auch ohne Rausch lustig.

Bei einem anderen Betriebsausflug wollten ihr die Kollegen das Rauchen beibringen. Fehlschlag: Sie war abstinent, jeder Verführung abgeneigt, und doch überall gern gesehen und sehr beliebt.

Wettbewerb: Wer wird dieses unschuldige Ding noch zur Sünde überreden? Sie ist anständig, hat strenge Moralvorstellungen (ihre Mutter kniet jeden Morgen um sechs in der Mariahilfkirche vor dem Abbild ihres Schöpfers, angetan mit einem Kapuzinergürtel (dem Zingulum) unterm Rock zur beständigen Ermahnung an die Sündhaftigkeit des Fleisches, was aus dem Ehemann einen fragilen, stirnverdunkelten Menschen macht, für den es bald nur noch die Arbeit und seine Kinder gibt), wer sie, Anneliese bekommen will, muss durch eine Gewissensprüfung gehen.

Ihr Chef nahm sie mit nach München. Mit dabei war eine Säuglingsschwester. Nach einem Theaterbesuch gingen sie in eine Bar, und meine Mutter sah zum erstenmal mit eigenen Augen, dass es etwas wie »Nachtleben« gab. Sie langweilte sich, das ganze Barwesen kam ihr »komisch« vor, und sie war froh, als es zurückging ins Hotel. Am nächsten Morgen saß die Säuglingsschwester an ihrem Bett und jammerte: Ich bin ein schlechtes Mädchen. Sie erzählte ihr, dass sie mit dem Baumeister geschlafen habe. Meine Mutter war schockiert und wollte sich das Gehörte eine Lehre sein lassen.

Sie fuhr ein zweites Mal mit dem Herrn Baumeister nach München, diesmal begleitet von einer siebzehnjährigen Buchhalterin. Wieder ein Theaterbesuch, in Begleitung jener Tante, bei der sie während ihrer Münchener Zeit gewohnt hatte. Nach dem Theater werden die beiden jungen Frauen ins Hotel geschickt. Spätnachts wacht meine Mutter auf und hört im Nebenzimmer die Stimmen des Baumeisters und ihrer Tante. Er hatte sie am Nachmittag zur Tante geschickt und danach gefragt, ob auch der Onkel zu Hause wäre. Ja, sagte sie, aber am Abend rücke er wieder in die Kaserne ein. Das fällt ihr jetzt ein, als sie drüben Gelächter hört, das Klingen von Gläsern, angeregtes Geplauder. Mit einem Mal Stille. Dann Stöhnen, rhythmisch, lauter und lauter. Sie geht ins Bad, lässt das Wasser laufen, um nicht länger zu hören, geht sogar aus dem Zimmer, verzweifelt, wütend. Der Baumeister versteht es mit den Frauen. Braucht sie noch mehr Beweise? Er ist ein Schwerenöter, ein Casanova – was für ein Wort! Wie anziehend einerseits, andererseits … Vorsicht vor dem Mann mit dem Mandelblick!

Bald darauf gebärt die Frau des Baumeisters ein Kind, das nicht von ihm sein kann. Der zählt zwei und zwei zusammen (neun Monate zuvor war die Frau des Baumeisters mit einem Geschäftsfreund ihres Mannes in München gewesen), es folgt eine ernste Aussprache, und die Freundschaft zwischen den Geschäftspartnern hat ein Ende.

Noch während die Frau des Baumeisters auf der Wöchnerinnenstation liegt, lädt dieser meine Mutter abends zu sich nach Hause ein. Man plaudert, lacht. Er fordert sie auf, sich zu ihm auf die Couch zu setzen. Als sie neben ihm sitzt ist er überrascht, dass sie nicht drauflosgeht wie all die anderen. Ihr wird unheimlich. Sie verabschiedet sich, fährt mit dem Rad nach Hause.

Eines Tages sagt ihr das holländische Dienstmädchen des Baumeisters: Gehen Sie weg von hier, Sie sind zu schade für diese Leute, die machen sich über Sie lustig. Bitte verraten Sie mich aber nicht.

Das genügt ihr. Sie sagt dem Baumeister, dass sie kündige. Der kann nicht verstehen, was in das junge Ding gefahren ist. Aber er lässt sie gehen. Die von ihr gegründete »Kameradschaft der Angestellten« lädt zu einer Abschiedsfeier im bekannten Gasthof Meßmer in Lochau. Man serviert Karpfen. Alle sind gekommen, auch der Chef, neben dem sie sitzt. Man hält Reden auf sie. Dann steht sie auf und will ihrerseits eine Rede halten. Sie beginnt (»Liebe Freunde …«) und verliert den Faden. Zuviele Augen auf sie gerichtet. Wie damals beim Fackelschein, in BDM-Uniform.

Noch viele Jahre bereute sie, die Firma des Baumeisters verlassen zu haben. Es waren die drei schönsten Jahre ihres Lebens gewesen. Kameradschaft, Anerkennung, Freude an der Arbeit, Geselligkeit. Die Feste jagten einander. Der Baumeister und seine Geschäftsfreunde lebten, obwohl alles nur auf Bezugsscheine zu haben war, wie Götter. Man zweigte Lebensmittel von den Betriebsküchen ab. Das Abendessen war so reichlich, wie es im Elternhaus meiner Mutter schon lange nicht mehr war. Es hagelte Geld und Aufträge. Man teilte sich die Pfründe, der Krieg brachte genug für jeden der Oberen Zehntausend. Bauunternehmer waren wegen der Mitarbeit an kriegswichtigen Großprojekten vom Kriegsdienst befreit. Aber es war, besonders da man regimetreu war, doch eigentlich eine Schande, zu Hause aus dem Vollen zu schöpfen, während sich andere fürs Vaterland opferten. Also täuschte der Bauunternehmer die verbleibenden Kriegsjahre hindurch ein steifes Bein vor, das, Wunder über Wunder, mit Kriegsende wieder beweglich war.

Was lag näher, als nach Verlassen der Firma das Büro des Vaters zu führen? Die nötige Erfahrung besaß sie jetzt, und der Vater brauchte sie. Er hatte einen großen Anbau an das Wohnhaus errichtet, mit Luftschutzkeller, hellem Büro und großem Wohnzimmer. Meine Mutter mietete ein Klavier, nahm Gesangs- und Schauspielunterricht und entdeckte ihren Heißhunger auf alles Schöne und Edle. Die Liebe zum Gesang hatte sie ganz ergriffen, und ihr erster Gesangslehrer hatte allen Grund, mit ihr zufrieden zu sein. Anfangs sagte der betagte Herr zu ihr, sie komme ihm vor wie ein Wildpferd. Nach langer und hartnäckiger Arbeit an ihrer Stimme sah er endlich die Früchte ihrer gemeinsamen Arbeit. Der Stolz griff sosehr nach ihm, dass ihn verlangte nach ihr, insbesondere nach ihren stattlichen Brüsten zu greifen. Aber da war er bei ihr an die Falsche geraten. Die Sache wurde abgetan, sie verübelte es ihm nicht sonderlich. (Als sie ihm in den Mantel helfen wollte, wehrte er ab: »Nein, erst nach dem sechsten Schlaganfall!« Nicht lange, und sein Wunsch ging in Erfüllung.)

Die Aufdringlichkeiten der »Mannsbilder« waren für meine Mutter naturgegeben. Die Männer waren eben so. Laut, witzig, zugegebenermaßen manchmal gescheit, aber vor allem: triebhaft. Alle wollten sie dasselbe. Aber meine Mutter gab es ihnen nicht.

Mit dem Wohlleben hatte es nun ein Ende. Man schrieb das Jahr 1943. Auf den Tisch kamen immer dieselben Rüben, dieselben Kartoffeln. Und das war noch viel. Und obwohl das Geschäft des Vaters mit dem sich verschärfenden Krieg mehr und mehr aufblühte (man produzierte Holzverschalungen für die Züge, die an die Front fuhren), gab es immer weniger zu kaufen. Der Vater tauschte mit Bauern Sägemehl und Hobelspäne gegen Butter und Weizenmehl. Man bekam weder Glas noch Beschläge, weder Eisen noch Holz ohne Bezugsscheine. Zeit für meine Mutter, etwas zu unternehmen. Sie stieg auf ihr Rad, auf der Suche nach

Lebensmitteln, Seife, Waschpulver. Sie fuhr oft fünfzig Kilometer am Tag, und kehrte nie mit leeren Händen heim. Aus einer Mühle bei Oberraitnau brachte sie Mehl. Aus Höchst und Gaissau Gemüse, aus Lauterach Kartoffeln, Seife und Waschpulver, aus Hohenweiler Obst. Ein einziges Mal, gegen Ende des Krieges, kam sie mit leeren Händen zurück. Die enttäuschten Gesichter derer daheim trieben ihr die Tränen in die Augen.

Neben der Lagerhalle ackerten sie jetzt die Erde um und pflanzten Mais und Kartoffeln. Im Garten vor dem Haus zogen sie Tomaten und Bohnen. Mit einer entfernten Tante aus Dornbirn streifte sie tagelang zum Himbeerpflücken durch die Berge. An Regentagen durchstreifte sie mit ihren Schwestern die Böschungen der Bregenzer Ache und sammelte Weinbergschnecken. Ihre Mutter kochte sie und verarbeitete sie zu Schneckensalat.

Die Nachrichten aus dem Krieg wurden schwärzer. Helmut, der Jüngste, wurde als Sechzehnjähriger eingezogen und geriet in Norddeutschland in Kriegsgefangenschaft. Er konnte noch vor Kriegsende fliehen. Die Zeit der Verdunkelung kam. Nach Einbruch der Dunkelheit hatte das Städtchen stockfinster zu sein, um die Feindflieger nicht anzulocken. Verglichen mit den Bewohnern der Großstädte, auf die jetzt Nacht für Nacht Bomben fielen, hatte man Glück. Das »gesellschaftliche Leben« erlosch. Oft stieg meine Mutter auf einen dem Pfänder vorgelagerten Hügel und sah hinüber in die hellerleuchtete Schweiz. Lichter, Frieden, Ruhe. Aber zwischen Bregenz und der Schweiz lag eine unpassierbare Grenze. Von einem Nachbarn, Marmelade- und Liqueurfabrikant hörte sie zum ersten Mal das Wort Konzentrationslager. Er bat für seine Frau, die als Jüdin Gefahr lief im Gas zu sterben, um ein gutes Wort beim reichen Baumeisteronkel, der mit Gauleiter Hofer befreundet war. Mutter brachte den Brief des Marmelade- und Liqueurfabrikanten ins Bregenzer Büro des allmächtigen Baumeisters. Und wirklich kam – so berichtet meine Mutter, ohne dass ich das überprüfen kann – die Jüdin (die zuvor freilich nicht »die Jüdin«, sondern die gute Nachbarin gewesen war) frei. Meine Mutter besuchte sie mit einem Strauß Blumen. Im Haus der Geretteten erfuhr sie von den Massendeportationen. Sie war wirklich ahnungslos gewesen, oder hatte es sie ganz einfach nicht interessiert?

Sie hörte auch von Schicksalen wie dem der Karoline Redler, Mutter und Großmutter aus Bregenz, die wegen einer unvorsichtigen Bemerkung über Deutschlands Angriffskrieg im Warteraum eines Hohenemser Heilpraktikers denunziert, verhaftet und in Wien hingerichtet worden war.

Der 1. Mai 1945 brachte das Kriegsende in Bregenz. Fliegeralarm. Alle flüchteten in die Luftschutzkeller. Tiefflieger zischten über die Häuser. Bürgermeister Solhardt, ein überzeugter Nazi, mochte die Stadt nicht kampflos übergeben. An der Tür des Luftschutzkellers ein Hämmern: Ein blutüberströmter Nachbar ist von einem Tiefflieger angeschossen worden.

Als der Geschützdonner verklungen ist, wagt sich die Familie ins Freie. Die Stadt steht in Flammen. Auch das Haus des reichen Baumeisters brennt. Aber das eigene Heim steht noch, auch die Lagerhalle mit den Maschinen und dem vielen Holz ist verschont. Im Dach der Lagerhalle sind Einschüsse zu sehen. Aber die unterm Dach liegende Glaswolle hat ein Feuer verhindert. Die Familie jubelt. Man ist gerettet. Man hängt ein weißes Leintuch aus dem Fenster. Ein Unbelehrbarer aus der Nachbarschaft ruft: »Ihr Verräter, euch sollte man alle umbringen!« Noch eine Woche zuvor hatte man ein gutnachbarschaftliches Verhältnis gehabt.

Die Zeit nach dem Krieg war schwer und ärmlich, wenn auch nicht so karg wie in den von den Russen besetzten Gebieten.

Die Schreinerei des Vaters lieferte Fenster an eine Seifenfabrik. Durch den Seifenfabrikanten lernte meine Mutter einen Textilerzeuger in Wolfurt kennen, der der schneidernden Schwester Gertrud billig Stoffe lieferte. Einmal übertrieb er es mit dem Nettsein: Er zog meine Mutter an sich heran und küsste sie. Das war das Ende ihrer Reisen zum Wolfurter Textilerzeuger.

Der Aufdringliche verkuppelte später einen seiner Angestellten, auf den Mutter ein Auge geworfen hatte, mit einer aus dem Bregenzerwald (Mutter notierte es verächtlich).

Wichtigstes Ereignis: der Kauf eines Flügels. Mutter übte täglich an ihm, sie nahm auch wieder Gesangsstunden. Sang mit beim Chor der »Oratorienvereinigung« sowie beim Chor ihrer Kirche im Vorkloster. Großes wurde da gewagt: Haydns Schöpfung, Rossinis Stabat Mater, Mozarts Krönungsmesse und Requiem und anderes. Im gesellschaftlichen Vakuum der Nachkriegszeit wusste sie sich zu helfen: Sie lud stadtbekannte Musiker ins Elternhaus zur Kammermusik. Hausbälle wurden gegeben, zu denen Geschäfts- und Musikerfreunde geladen waren. Mutter sang ihren Gästen das eine oder andere Ständchen.

5

Im Mai 1948 ereignete sich, wovon meine Mutter noch heute mit Zittern erzählt: Der elterliche Besitz ging in Flammen auf. Alles geschah so rasch, dass die Feuerwehr nur noch die umliegenden Gebäude vor einem Übergreifen der Flammen bewahren konnte. Die Fotografien – ein »Photoreporteur« war rechtzeitig gekommen – zeigen durcheinanderpreschende Arme, Beine, auf Schultern vor den Flammen gerettete Habseligkeiten. Alles fiel dem Feuer zum Opfer: das Wohnhaus, der Anbau, die Schreinerei. Die Hitzeentwicklung war so stark, dass sich die Schienen der nahegelegenen Schmalspurbahn »wie Schlangen« verbogen. Die Wälderbahn fuhr während des Brands vorüber, wobei der letzte Waggon Feuer fing und – niemand kam zu Schaden – in Flammen aufging.

Für meine Mutter stürzte eine Welt ein. Wo sollten sie jetzt wohnen und schlafen? Die Eltern kamen bei einem Onkel unter, die Kinder wurden von freundlichen Nachbarn aufgenommen. Bleibendes Bild: Frühmorgens nach dem Brand stand meine Mutter, Tränen wie Bäche über die Wangen fließend, mit dem schluchzenden Vater vor den rauchenden Trümmern.

Am Abend desselben Tages ging es mit dem Vater an die Durchsicht der Papiere. Eine Schadensbilanz wurde erstellt. Katastrophale Entdeckung: Der Betrieb war stark unterversichert. Nur drei Wochen vor dem Brand hatte der Vater ein Angebot auf Erhöhung der Versicherungssumme abgelehnt. Tagelange Kämpfe mit den Versicherungen folgten, wobei Mutter fleißig um jedes Prozent mitstritt.

Inzwischen wurde das Wohnhaus provisorisch bezugsfähig gemacht (das Erdgeschoß war teilweise erhalten geblieben). Das behelfsmäßige Dach war nicht ganz regensicher, aber man war glücklich, wieder zusammen zu wohnen. Alle zogen gemeinsam an einem Strang, und langsam lichtete sich der Horizont. Meine Mutter sprach bei den Behörden wegen Bezugsscheinen für Baumaterialien vor (ersuchte auch beim französischen Besatzungskommandanten um Zuteilung einer Wohnung, wofür sie ein Achselzucken erntete), und gemeinsam mit ihrem Bruder Helmut fuhr sie mit dem vor den Flammen geretteten Lastwagen bei den Firmen vor und ließ aufladen.

Nicht lange, und die Schreinerei stand wieder, und zwanzig Beschäftigte erledigten die hereinkommenden Aufträge. Mutter selbst besorgte der väterlichen Firma durch ihre Hartnäckigkeit etliche Aufträge.

Hier hätte nun auch die schon anfangs erzählte Episode um den beschlagnahmten BMW zu stehen, womit der erste Faden der Erzählung vom Leben einer Bregenzer Schreinerstochter wiederaufgenommen wäre. Das Leben nahm inzwischen wieder seinen normalen Gang. Nicht dass man es zu besonderem Wohlstand gebracht hätte, aber man litt auch keine Not.

Mutter nahm Stunden bei ihrer dritten Gesangslehrerin. Diese Frau und ihr Haus sollte für sie von größter Bedeutung werden, und in ihrer Erinnerung ist es bis heute ein Sehnsuchtsort geblieben. Großes Staunen beim ersten Betreten der Villa in Lochau am Bodensee: Im großen Salon thronte ein Steinway-Flügel, luden elegante Ledersessel, teure Teppiche, die Wände voll mit Bildern befreundeter Maler, zu gehobener Konversation. Es war der erste wirkliche Salon, den meine Mutter betrat. Der Besitzer des Hauses war Direktor einer Fabrik in Lochau, die Hausherrin jüdisch, hatte ihre Mutter in Mauthausen verloren. Wie waren sie und ihre Kinder der Deportation entkommen? Davon findet sich in den Aufzeichnungen meiner Mutter kein Wort. Nur davon, dass die Hausherrin gebildet war, sie hatte die Wiener Musikakademie absolviert und war von sehr herzlicher, gewinnender Art gegen meine »arische« Mutter.

Diese Frau hatte drei Söhne: Der Älteste war verheiratet, der Mittlere studierte Chemie in Innsbruck, der Jüngste besuchte die Bregenzer Handelsakademie. Meine Mutter wurde beinahe täglich zum Tee, zum Abendessen, zu irgendeiner Geselligkeit in die Lochauer Villa eingeladen. (Ungehaltene Kommentare seitens ihrer Eltern über diese »dahergelaufenen Leute«.) Sie lernte die drei Söhne kennen und verliebte sich in Gerd, den Chemiestudenten. Dieser war, seit der Begegnung mit meiner Mutter, des öfteren aus Innsbruck abkömmlich, und meine Mutter radelte fast täglich klopfenden Herzens hinaus zur Lochauer

Villa. Dort fand bald ein großes Fest statt, zu dem meine Mutter, inzwischen Autofahrerin, ein kleines Fässchen Weißwein mitbrachte. Es wurde getanzt. Über einer Tür waren Misteln angebracht, ahnungslos wurde sie von ihrem Verehrer daruntergeführt und geküsst. Der willkommenste Kuss ihres Lebens. Leider konnte er nicht ewig dauern. Gerd, charmant, gutaussehend, kultiviert, war der Mann ihres Lebens, dessen war sie mehr als gewiss. Aber als er für ein Treffen die Wohnung einer Bekannten der Familie organisierte, war sie zurückhaltend. Sie zierte sich. Sie wollte, obgleich ihm längst verfallen, nach allen Regeln der Kunst erobert werden. (Bitterer Seufzer des Bedauerns in den Aufzeichnungen meiner Mutter. Sie macht das Schicksal dafür verantwortlich.) Die Verliebtheit der beiden loderte schon ein Jahr, als sie sich bei einem weiteren Fest in der Lochauer Villa frühzeitig verabschiedete. Ihre Absicht: Sie wollte ihn eifersüchtig machen, und zwar mit einem buckligen Geiger. Das ging nicht auf: Der eifersüchtig Gemachte ging nicht zum Angriff über, sondern rückte einen Schritt weiter ab.

Ihr Verlangen ging soweit, dass sie einmal, als sie wusste, er käme mit dem Zug aus Innsbruck, an den Bahnhof schlich und zusah, wie er von Bekannten abgeholt und nach Hause chauffiert wurde. Klopfenden Herzens lief sie an ihm vorüber und musste »wieder die ganze Nacht an ihn denken«.

Einmal, nach einem geselligen Zusammensein in der Villa, regnete es zu stark, um mit dem Rad nach

Hause zu fahren. Sie schlief in Gerds Bett, er auf der Couch im Salon. Stimmen im Halbschlaf: Sie ist im Schlaf noch schöner als sonst.

Die Hausherrin lud sie zum Weihnachtsfest in die Villa. Natürlich wollte sie hingehen, aber da sie eine brave Tochter war und ihre Eltern nicht verletzen wollte, blieb sie zu Hause. Auch blieb Gerd seltsam blass: Nie kamen die Einladungen von ihm, immer lud seine Mutter an seiner Stelle ein. Meine Mutter wollte nicht den Eindruck erwecken, sie liefe ihm nach. Und er: Welchen Eindruck wollte er vermeiden? Jedenfalls unternahm er nichts.

6

Im Radio warb der Gasthof »Hirschen« am Dornbirner Marktplatz täglich für seine Tanzabende. Sie wollte unbedingt gehen. Also fuhr man, der Vater, die Schwester Stefanie mit ihrem künftigen Ehemann und sie im BMW nach Dornbirn. Es war der Dreikönigstag des Jahres 1950.

Meine Mutter war rasch über das Niveau der Tänzer enttäuscht. Die Männer waren ihr insgesamt zu aufdringlich, und schon bat sie ihren Vater zu gehen. Da forderte sie ein großer, netter Mann in viel zu kleinem Anzug sehr höflich zum Tanz. Endlich ein Mann mit Manieren! Sie tanzten bis zur Sperrstunde, man plauderte, wusste schon recht bald so manches über den anderen. Er war Architekt, hatte eben seine Arbeit begonnen, war intelligent, sah gut aus, hatte Anstand. Sie gab ihm für die nächste Woche ein Rendez-vous. (Viel Fantasie hatte er nicht – er lud sie zu einem Vortrag über Architektur ein.) Am übernächsten Tag traf ein Brief ein, mit Firmenaufdruck: »Diplom-Ingenieur und Architekt« und sympathischer Handschrift lud er nochmals sehr höflich zum Vortrag ein.

Der Titel, die guten Umgangsformen, sein Aussehen: Das war etwas. Er holte sie zu Hause ab, lernte Eltern und Geschwister kennen. (Elterlicher Kommentar: Endlich ein richtiger Vorarlberger – und kein dahergelaufener Jude!)

Nach dem Vortrag ging man ins Café. Er bot ihr eine Zigarette an, sie lehnte ab, was er ungläubig registrierte, rauchte doch ihre streng katholische Mutter. Sie trank auch keinen Alkohol. (Er war ein wenig misstrauisch. Unschuldsengel gabs doch keine mehr auf der Welt?)

Sie trafen sich mehrmals wöchentlich, gingen tanzen. Sie verstanden sich gut – aber liebte sie ihn? War der andere schon vergessen? Nein, aber ihr neuer Bekannter wusste, was er wollte, und das schmeichelte ihr. Er bemerkte sehr rasch, dass sie noch nie übers Küssen hinausgegangen war. Unglaublich, eine Siebenundzwanzigjährige war noch Jungfrau.

An seinem 32. Geburtstag wollte er wissen, woran er ist. Sie war für eine Woche zum Schifahren nach Damüls gefahren. Er besuchte sie an diesem 19. April. Er »überrumpelte« sie. Danach fühlte sie sich ihm ausgeliefert. Er tröstete sie, versuchte sie von seiner Ernsthaftigkeit zu überzeugen. Sie war nun seine zukünftige Frau. Als sie aus dem Schiurlaub zurückkehrte, war zu Hause alles anders. Eine alteingesessene Dornbirner Nazifamilie hatte ihre Eltern inzwischen über den Verehrer ihrer Tochter aufgeklärt: Der junge Architekt stammte aus einer berüchtigten »roten« Familie. Der Vater, Eisendreher, sei durch lange Jahre der Arbeitslosigkeit zum radikalen Sozialisten geworden, und der Sohn sei um kein Haar besser.

Im Elternhaus meiner Mutter wollte man ihn von Stund an nicht mehr sehen, der Tochter verbot man seinen Umgang. Aber es fruchtete nichts: Sie war ja schon »seine Frau«, koste es, was es wolle. Die Dinge des Fleisches konnte sie als gute Christin nur mit einem einzigen in der Welt teilen. Und wenn dieser verstoßen war, so sollte sie es auch sein.

Fortan Schikanen von früh bis spät: Man versuchte ihn ihr auszureden, man drohte, verwünschte. Die Mutter verbot ihr jede Mithilfe im Haushalt: Man wisse ja nicht, wo sie überall ihre Finger habe.

Sie war empört. Jahrelang hatte man zu Hause am »Dahergelaufenen« herumgemeckert. Jetzt wollte man ihr den anderen austreiben. Sie revoltierte, stellte sich klar auf seine Seite. Er war ein guter Mensch, davon war sie überzeugt, und seine sozialistischen Ideen stimmten im Wesentlichen mit ihren christlichen überein: Brot für alle, Freiheit, soziale Gerechtigkeit.

Sie stellte ihre Eltern vor die Wahl: Entweder sie akzeptierten ihn, oder sie gehe von zu Hause fort. Mit dem Aussprechen dieser Drohung überkam sie Angst: Sie hatte all die Jahre ohne Lohn das Büro des Vaters geführt, sie war mittellos. Wovon würde sie leben? Ihr Architektenfreund stand selbst auf noch schwachen Beinen, breitete tagsüber im Wohnzimmer der Mutter seine Arbeit aus, die ihn drängte, endlich eine Wohnung zu nehmen.

Als ihre Eltern sahen, wie ernst es ihr war, gaben sie nach. Man wollte sie nicht verlieren. Sollte sie meinetwegen fortfahren, den »Kommunisten« zu sehen. Aber zu Hause wollte man ihn nicht haben.

Die Villenbesitzerin aus Lochau hatte Mitleid mit dem jungen Liebespaar. Sie gab ihnen ihre Wohnungsschlüssel und ging aus. Das junge Paar ließ sich die Chance nicht entgehen, und kurz nachdem man sich wieder angekleidet hatte, stand Gerd in der Wohnung. Er verschwand in der Küche, wo er verzweifelt die Hände ans Gesicht presste. Er war nicht ansprechbar.

Tage später, wieder in der Villa, fragt er sie: Annelies, komme ich also zu spät?

Das ist die entscheidende Minute ihres Lebens. Herbeigesehnt. Gefürchtet.

Ja, sagt sie, du kommst zu spät. Zu stolz, ihm einzugestehen, dass er es ist, den sie liebt. Am bittersten bereute Minute dieses Lebens. Vorbei. Kein Weg zurück. Ein Leben lang wird sie ihren Stolz bereuen (und wir fünf Kinder, später, viel später, unglücklich über unseren Vater, der hart, unnahbar, voller Prinzipien und unerfüllbarer Maßstäbe sein würde, bereuten mit ihr).

Einige Zeit später, während der Gesangsstunde, sagte die Gesangslehrerin: Gerd hat heute seinen Hochzeitstag. Meiner Mutter schnürte es den Hals zu und sie weinte, wie sie noch nie geweint hatte. Sie erstaunte selbst über die Kraft ihres Gefühls.

Bald heiratete Gertrud, die zweitälteste Schwester. Einen richtigen, das heißt politisch und religiös rechtdenkenden Vorarlberger. Die Hochzeitsfeier fand im Elternhaus statt. Auch »der Kommunist« war eingeladen. (In der Mariahilfkirche, nach der Trauungszeremonie, sang meine Mutter das Ave Maria für das Brautpaar. Tränen.)

Spät abends saßen der Vater, Stefanie und ihr Freund und meine Mutter und »der politisch Unbequeme« in der Küche. Der Vater, gutgelaunt, verriet, dass er eigentlich nichts gegen ihren Freund habe, er könne nur nicht anders wegen der streng katholischen Mutter. Seine Worte waren Balsam für die Seele der Beinah-Verstoßenen.

Als sie einmal über Nacht mit meinem Vater fortblieb, riss ihrer Mutter der dünne Faden der Geduld, und nur dank eines guten Wortes ihres Vaters konnte ein Bannspruch über die Tochter verhindert werden.

Die Mutter hatte sich mit zunehmendem Alter immer fanatischer in die Religion geflüchtet, trug jenen seither vielberedeten Kapuzinergürtel um die Hüften – rauchte aber wie ein Schlot! –, ging jeden Morgen um sechs zur Frühmesse und beichtete tagaus tagein haarklein jedes gedachte und vorgestellte und begangene Vergehen (dass sie sich etwa, Gott vergebe ihr, in ihrem Alter noch, da Kinderzeugung längst außer Frage stand, dann und wann, selten genug, aber eben doch dann und wann ihrem Ehegatten zur Verfügung stellen müsse, widerwillig, aber man wisse ja nicht, wozu sonst so ein Unzufriedener imstande wäre).

Der Architekt hatte inzwischen ein eigenes Büro, und meine Mutter lieferte ihm – mit dem Segen ihres Vaters – eine Fertigteilwand, wodurch er ungestört arbeiten konnte. Als erstes entwarf er die Wohn- und Schlafzimmereinrichtung ihres zukünftigen gemeinsamen Hauses, obgleich sie noch nicht einmal eine Wohnung hatten.

Der Architekt benötigte eine Sekretärin, und meine Mutter fuhr jeden Morgen nach Dornbirn, mittags zurück nach Bregenz, wo sie das Büro des Vaters führte, nach wie vor unbezahlt (während sie beim Architekten 400 Schilling – ja, Österreich gab es wieder – im Monat verdiente).

Das erste von meinem Vater geplante Haus war gerade bezugsfertig, als meine Mutter bemerkte, dass sie schwanger war. Man verstand sich gut mit den Auftraggebern, und sie boten ein Zimmer für drei Monate an, nicht länger. Dankbar nahm man an, die Zeit drängte. Jetzt wollte man möglichst rasch heiraten. Kommentar der Mutter der Schwangeren: Da ist sicher etwas unterwegs. Die Mutter wollte denn auch der Hochzeit fernbleiben. Aber ihr Beichtvater beschwichtigte sie – wenn es nun einmal der Wille der jungen Leute sei, solle sie sich fügen …

Am 31. Mai 1952 war es dann soweit: Die Glocken der Mariahilfkirche läuteten, der Himmel war blau, und alle waren sie gekommen: ihre Mutter, ihr Vater, ihre Geschwister – und seine Mutter (sein Vater war vor vier Jahren gestorben), seine Schwester, groß, intelligent, immer ein wenig distanziert, und sein Bruder, der leutseligste der drei (schon während seiner und seines Bruders Studienzeit in Graz hatte er, anders als der zukünftige Architekt, sich weniger aufs Lernen als vielmehr aufs Kochen und Geschirrabwaschen – für seinen älteren Bruder, versteht sich – verlegt).

Auf der Hochzeitsfeier im Elternhaus dann keine Spur vom alten Hass: Man beglückwünschte das frischvermählte Paar, wünschte selige Tage und Gesundheit. Ein Onkel, ebenfalls Bauunternehmer, wenn auch nicht der Himmelsstürmer, der in München geblieben war, sagte in seiner Rede, diese beiden hier müssten jetzt sehr klein anfangen, aber bald schon, dessen sei er gewiss, werde man von ihnen noch einiges sehen und hören. Braut und Bräutigam bebten vor Genugtuung, meiner Mutter trieb es, wieder einmal, die Tränen in die Augen. Zeitlebens hat sie die Rede des Onkels nicht vergessen. Ihr Ehrgeiz war geweckt.

Nach dem Kaffee, um fünf, verabschiedete sich das Paar von der erstaunten Hochzeitsgesellschaft – die feierte noch, wie es sich gehört, bis in den frühen Morgen in trauter Harmonie weiter –, man fuhr die beiden zum Bahnhof, wo sie den Zug nach Innsbruck bestiegen und ihre Hochzeitsnacht verbrachten.

Am nächsten Morgen ging es weiter zur Hochzeitsreise rund um Österreich.

Episode des ersten Morgens: Man saß hungrig im Zug. Mutter gegenüber packte ein Reisender Speckbrote aus und ließ es sich schmecken. Sie musste sich beherrschen, dass sie ihm nicht eins abbettelte. War das ein böses Vorzeichen? Ja, denn allzurasch war die schöne Zeit vorbei. Auf der Hochzeitsreise waren sie glücklich. Heimgekommen – in welches Heim? – verdunkelten Geldnöte ihre Tage. Was meine Mutter meinem Vater nie verziehen hat: Schon am ersten Tag nach der Rückkehr weckte er die noch von der Reise Erschöpfte um halb sieben mit einem »Morgenstund hat Gold im Mund!«.

Er war voller Tatkraft, wollte bewegen, bewirken, etwas aufbauen. Sie wollte dasselbe, aber sie war schwanger – und musste es denn unbedingt schon am ersten Tag mit Höchstgeschwindigkeit losgehen?

Neben der Arbeit als seine Sekretärin (jetzt freilich unbezahlt, da man ja »gemeinsame Kasse« machte) ging sie auf Wohnungssuche. Es stand schlecht um Wohnraum im Vorarlberg der Nachkriegszeit. Der große Bauschub sollte erst gute fünf Jahre später einsetzen. Eine Gesangskollegin bot ihr ihre Zwei-Zimmer-Wohnung in der Bregenzer »Südtiroler-Siedlung« (Billigunterkünfte für »Heim-ins-Reich-Zugesiedelte«) an, da sie zurückwollte nach Südtirol. Meine Mutter bezahlte ihr für die Überlassung der Wohnung tausend Schilling, damals ein gutes Monatsgehalt. Sie sprach beim Leiter der Neuen Heimat vor und bat um sein Einverständnis, dass sie die Wohnung umgehend belegen dürften, noch vor dem offiziellen Beschluss des Wohnungsamts, wie dies viele taten. Der Leiter sicherte ihr sein Einverständnis mündlich und ohne Zeugen zu. Ihr Bruder Helmut brachte mit dem elterlichen Lastwagen die Wohnungseinrichtung. Schon in den nächsten Tagen jedoch kam eine Vorladung vor Gericht, wo der Räumungsklage der Neuen Heimat stattgegeben wurde, Gerichts- und Anwaltskosten zu Lasten der Beschuldigten. Man stand auf der Straße. Sie fragte bei den Eltern an, ob sie, inzwischen hochschwanger, vorübergehend im Elternhaus bleiben dürfe. Die Mutter war aus Stein: Nein, man wolle sie hier nicht, denn dann ginge auch »der Kommunist« aus und ein. Meine Mutter, tief getroffen, bat bei der ältesten Schwester Hedwig um Aufnahme, die ihr auch gleich gewährt wurde. Sie schlief und frühstückte dankbar bei ihr.

Früh bestieg sie den Zug nach Dornbirn, war um acht im Büro, wo er auf der Couch nächtigte.

An einem dieser Tage, sie saß bei offenem Fenster an der Schreibmaschine, rief die Schwiegermutter nach ihrem Sohn. Mutter ging ans Fenster und hörte folgenden Ausspruch: »Sagen Sie« – sie war mit einemmal wieder beim Sie, alle Hochzeitsfeierherzlichkeit war vergessen – »meinem Sohn, er soll die Wohnungsschlüssel sofort zu Hause abgeben, sonst gehe ich vor Gericht!«

Und in diesem Ton ging es auch die nächsten Jahre weiter. Ablehnung, Misstrauen, Verachtung. Wo war die helle schöne Welt ihrer Jugend geblieben? Doch sie stand zur einmal getroffenen Entscheidung, und das Zur-Sache-Stehen gab ihr Kraft.

Kurz vor Weihnachten fand sich eine Wohnung. Wieder wurden Schränke, Tische, ja die ganze Küche von einer Wohnung in die andere geschleppt. Sie telefonierte mit Bruder Helmut, der wieder einmal den Lastwagen startete, um die Schlafzimmermöbel zu verladen.

Den 24. Dezember fuhr sie nach Bregenz, sagte ihrem Mann, sie käme bald mit den Möbeln. Noch am Bahnhof überraschten sie die ersten Geburtswehen. Helmut fuhr nicht die Möbel nach Dornbirn, sondern sie selbst ins Entbindungsheim nach Lustenau. Kommentar ihrer Mutter am Telefon: Da hast du heute noch was Schönes vor dir. Ich wünsche dir Glück dazu.

Der inzwischen verständigte Ehemann eilte mit einem Weihnachtsbäumchen herbei, rechtzeitig, um sein erstes Kind, ein Mädchen, zu bestaunen. Als die Wöchnerin mit ihrer Tochter in die neue Wohnung – die aus einem kleinen Schlafzimmer und einer winzigen Küche besteht – zurückkehrt, frieren sie und das Kind bei nur 8 Grad Raumtemperatur. Nach sechs Wochen arbeitet sie wieder im Büro, ein Auge beim Neugeborenen.

Kommentar der Schwiegermutter: Geschieht euch ganz recht, dass es euch so dreckig geht. Soll doch die da von zu Hause Geld holen!

Im Sommer verschlechtert sich ihr Gesundheitszustand. Sie magert ab, ist einem Zusammenbruch nahe. Der Arzt verschreibt Urlaub. Die beiden älteren Schwestern übernehmen für zwei Wochen das Mädchen, und sie erholt sich im Bregenzerwald.

Sie wird wieder schwanger (Mutter spricht von ihren Schwangerschaften später zu uns wie von Gott verhängten Strafen).

Das provisorische Quartier muss geräumt werden, die Vermieter drängen darauf. Sie fragt ihren Vater um finanzielle Unterstützung, die ihr verweigert wird. Sie finden eine Wohnung, und mein Vater investiert sein erstes erspartes Geld. (Großes Staunen meiner Mutter, die von diesem Geld nichts wusste. Zum erstenmal macht sie sich »Gedanken« über ihn.)

Es war die erste wirkliche eigene Wohnung, freilich gemietet, und man war stolz. Tagsüber mussten Wohn- und Kinderzimmer zwar als Schreib- und Planstube herhalten, aber man improvisierte eben. Für die gröbsten Arbeiten kam sogar eine Putzfrau ins Haus. Mutter konnte jetzt wieder beim Chor mitsingen, was für sie gleichviel bedeutete wie: Freiheit.

Das zweite Kind kam auf die Welt, wieder ein Mädchen. Kaum vier Monate später schlug Gott sie erneut mit Schwangerschaft. Sie war verzweifelt, brauchte lange, bis sie ihren Zustand akzeptierte. Inzwischen, im Jahr 1955, schaffte man einen Volkswagen an. Was für eine Bereicherung: An den Wochenenden saß man nicht länger in der Wohnung fest, man machte mit den Kindern Ausflüge in den Bregenzerwald, an den Bodensee.

Im Juli Geburt des dritten Kindes: Diesmal ist es ein Bub. Der Vater ist stolz.

Besuch ihrer Eltern im Entbindungsheim. Ihr Vater sagt: Jetzt bist du Kapo. Wenn eine Frau einen Buben zur Welt gebracht hat, ist sie mehr wert.

Bald darauf stirbt ihr Vater. Der Bruder Helmut wohnt jetzt mit seiner Frau im Elternhaus, seine Mutter verbannt er ins enge Dachgeschoß.

In den Aufzeichnungen meiner Mutter folgt nun haarklein das ganze Gerangel um die väterliche

Erbschaft. Von ihr verlangte man, zugunsten der Mutter einen Erbverzicht zu unterschreiben, was sie – da sie wusste, die Mutter würde alles dem zu allen Geschäftsdingen unfähigen jüngeren Bruder übergeben – verweigerte. Empörung in der Familie. Die Schwestern waren bereit zu unterschreiben, warum also sie nicht?

Von diesem Zeitpunkt an war das Verhältnis zur Mutter sehr schlecht, der Bruder brach den Kontakt ganz ab.

1956 war ein wichtiges Jahr für die Familie. Obwohl es überall an Geld mangelte, kaufte mein Vater einen Fernseher für die Unsumme von zwanzigtausend Schilling (heute entspräche der Betrag einem Vielfachen). Die junge Familie hatte von Stund an ihren Altar, und man opferte reichlich vor ihm. Auf der Straße verdrehten die Leute die Köpfe nach der riesigen Dachantenne, man war eine Sensation. (Den alten Fernseher behielten wir noch bis Anfang der Siebzigerjahre. Er wärmte erst minutenlang auf, ehe, zögernd, ein dumpfes Bild erschien, das alle Augenblicke zu wandern begann. Wir Kinder mussten abwechselnd an einem Knopf drehen, der das Bild ruhigstellte. Dieser Fernseher war es, der uns, einschließlich der ersten Mondlandung, die Welt erklärte.)

Bald darauf, 1957, Geburt des vierten Kindes, eines Mädchens. Dieses Mädchen verbrachte wegen einer Hüftluxation seine ersten Lebensjahre unter Schmerzen in einem Gestell, in das Mutter sie mehrere Stunden täglich schnallen musste.

Im selben Jahr ergab sich die Gelegenheit zu einem Grundkauf in Dornbirn. Mutter wollte gerne in Bregenz bauen, fand aber nichts, und dort drängte die Entscheidung. Man kaufte also in Dornbirn einen übergroßen Baugrund, was die Nachbarn in Erstaunen versetzte. Die Bauarbeiten am eigenen Haus begannen, und im Januar 1960 übersiedelte man ins eigene Heim. Stolz zeigte man den staunenden Verwandten und Bekannten das große Haus. Mutter veranstaltete noch im selben Frühjahr den ersten Kinderfaschingsball, und noch aus meinem dritten Lebensjahr erinnere ich mich, im Kasperlekostüm mit meiner ebenso verkleideten Schwester getanzt zu haben.

Auf einem dieser Bälle – für Erwachsene diesmal, Freunde vom »Bund sozialistischer Akademiker« – verliebte sich meine Mutter in einen Gast. Dieser Mann, erschienen mit seiner Frau, war von einer so herrlichen Unbeschwertheit. Während sie mit ihm tanzte, war sie wieder jung. Sie lachte und ihre Augen glänzten.

Im darauffolgenden Sommer, auf der »Dornbirner Messe«, trank sie im Beisein meines Vaters mit dem anderen Mann Bruderschaft. Da riss meinem Vater die Geduld. Er drängte nach Hause. Draußen auf der Straße schlug er ihr mit der Faust ins Gesicht. Sie gingen getrennt nach Hause. Dort schrie er: Du bist eine Hure! Das sollen die Kinder ruhig hören.

Im Bett hörte sie ihn dann das erstemal weinen. Er jammerte, dass sie jetzt, wo sie nach sovielen

Schwierigkeiten gemeinsam endlich erreicht hatten, was sie wollten: ein eigenes Haus, Kinder, einen Fernseher, der ihnen ohne Weiteres die Bilder der Welt ins Haus brachte, alles zerstören wolle.

Sie war beeindruckt. Sie betete darum, Gott möge ihr helfen, ihre Verliebtheit zu überwinden. Gott erhörte ihr Gebet. Von diesem Abend blieb nur ein blaues Auge.

Als Ausgleich für das erhörte Gebet schlug Gott sie noch einmal mit Schwangerschaft. Diesmal war ich es, der unbedingt auf die Welt wollte.

Eines Nachts erlitt mein Vater einen Herzanfall, ein Schweizer Spezialist glaubte einen Herzinfarkt feststellen zu können, und für den erst Zweiundvierzigjährigen begann eine Odyssee durchs gelobte Land der Pharmaindustrie, die erst dreißig Jahre später, als eine genaue Untersuchung feststellte, dass dieses Herz nie einen Infarkt erlitten hatte, ein Ende nahm. Mein Vater aber richtete sich im Kranksein ein, ab sofort war größte Rücksicht auf ihn zu nehmen. Mutter kochte während dreißig Jahren Schonkost, im Haus hatte Ruhe zu herrschen.

Ich kam zur Welt, endlich hatte mein Bruder männliche Verstärkung (er soll, auf die Nachricht meiner Geburt hin, überall in der Nachbarschaft herumgelaufen sein und das freudige Ereignis hinausposaunt haben). Zugleich begann für ihn eine dunkle Zeit: Er kam in die Schule. Von Anfang an hatte er nicht die Geduld fürs Stillsitzen, er galt als aufmüpfig und unbelehrbar. Meine Mutter notiert in ihren Aufzeichnungen mit spürbar schlechtem Gewissen, sie hätte ihn gleich aus der Schule nehmen und noch ein, zwei Jahre in den Kindergarten schicken sollen.

Für Vater war es eine der Lebenskatastrophen, dass mein Bruder nicht so wurde, wie er es sich wünschte: arbeitsam, fleißig, brav, gelehrig. Stattdessen wurde er mehr und mehr zum Rohrbacher – so der Name des Dornbirner Stadtteils, in dem unser Haus stand – Huckleberry Finn. Kaum von der Schule zu Hause, warf er die Schultasche in eine Ecke und trieb sich den Rest des Tages in den Wiesen an der Ach herum, fing Mäuse, schoss Vögel, schlich ins Schlachthaus und sah beim Schlachten der Stiere zu, schoss mit seiner Schleuder in der Gegend herum. Vater schlug ihn, warf ihn zu Boden, trampelte – im Wortsinn – auf ihm herum. Mein Bruder wurde verstockt, unbelehrbar, war das rote Tuch jedes Lehrers. Fotografien von damals zeigen einen aufgeweckten Lausbuben, kraftstrotzend, mutig. Vater wollte den Willen des Kindes brechen, es zu einem nützlichen Mitglied der Gesellschaft heranziehen. Stattdessen zerbrach er ihn, und was er nicht schaffte, das erledigten dann die rasch aufeinanderfolgenden Schulen. Noch heute spüre ich an Mutter das schlechte Gewissen darüber, dass sie ihren ältesten Sohn nicht vor seinem Vater bewahren konnte.

Die Zeiten verdunkelten sich. Das Leben wurde, obgleich Vater erfolgreich war und drei Angestellte hatte, immer härter. Vater hielt Mutter bei jeder kleinsten Anschaffung zum Sparen an, ihre Kinder mussten mit dutzendfach geflickten Socken, Strümpfen, Hosen, in ewig denselben alten Pullovern in die Schule.

An den Kindern wurde gespart, während gleichzeitig ein Baugrund auf dem Bödele, dem Hausberg der Dornbirner gekauft wurde. Der Bau des Ferienhauses ging langsam voran, da es überall an Geld mangelte. 1966, in meinem fünften Jahr, verbrachten wir unseren ersten Sommer im Berghaus. Die schönste Zeit meiner Kindheit begann, Sommer für Sommer in den Schulferien im Berghaus, und in den Winter- und Osterferien. Meinen besten Freund, vor kurzem wegen einer neuen Arbeitsstelle seines Vaters nach Bludenz gezogen, fand ich Ferien für Ferien auf dem Bödele wieder, wo dessen Familie eines der Ferienhäuser der »Kolonie« gemietet hatte. Die Monate in den Wäldern, beim Räuber- und Gendarmspiel, beim Hüttenbauen, umgeben von einer Schar Gleichaltriger, wurden die glücklichsten meiner Kindheit.

Es war eine ganz eigene Welt dort oben auf dem Berg, meist Familien aus dem Umkreis des größten Textilfabrikanten Dornbirns, der große Teile des Hausbergs den Schwarzenberger Bauern abgekauft und in ein Ferienparadies verwandelt hatte. Dort oben verbrachte eine kleine Elite die Sommerfrische, meist Vermögende aus dem Rheintal, und heute denke ich mir, was es für meinen Vater, den Arbeitersohn, bedeutet haben mochte, dazuzugehören.

Für mich, den Sieben-, Acht-, Zehnjährigen, war das Zugehören selbstverständlich, ich wuchs dort hinein, aber wie war es für meine Eltern? Mein Vater war nie leutselig gewesen, er galt als schroff und »ungemütlich«, außerdem hing ihm immer noch der Ruf an, in seiner Studentenzeit ein Kommunist gewesen zu sein. Er drehte nachmittags regelmäßig im Jägeranzug eine Spazierrunde, die im Gasthof Fetz bei Kuchen und einem Glas Wein endete. Einmal nahm ich meinen Schneid zusammen – ja, den brauchte ich bei meinem unnahbaren Vater – und gesellte mich zu ihm im Gasthof. Ich staunte nicht schlecht, als ich ein ganzes Kuchenstück für mich allein bekam, sogar mit Schlagsahne. Das hatte es bis dahin nie gegeben.

Mutter war gesellig. Es zog sie zu den Eltern meines besten Freundes, unserer ehemaligen Dornbirner Nachbarn, die in der »Kolonie« ihre Sommerfrische verbrachten. Die Mutter meines Freundes, von allen nur Gretl gerufen, war sehr gastfreundlich, winkte jeden noch so entfernten Bekannten an ihren Gartentisch, schenkte den Erwachsenen Wein und Schnaps aus, uns Kindern eine Limonade. Meine Mutter war selig in Gretls Gesellschaft, wäre gerne lange bei ihr gesessen, bei der es immer hoch her ging, Gretl wusste alles über jeden und jede landauf, landab, bei ihr liefen die Drähte zusammen. Sie hatte für jeden das richtige Wort, sie war eine Stimmungskanone, war liebenswert und heiter, ja wirklich lustig.

Meine Mutter hatte bei meinem Vater wenig zu lachen, außerdem drängte er rasch zum Aufbruch, als warteten wichtige Geschäfte.

Das Bödele, eine eigene, glücklichere Welt, nicht nur für mich. Dort oben lebte es sich leichter, man war freier und gelöster, auch weniger betuchte Menschen saßen mit den großen Textilbaronen zusammen, man war per Du, prostete einander zu und schnatterte und lachte bis tief in die Dunkelheit hinein. Meine Mutter saß dann längst an der Seite meines Vaters vor dem Fernseher, ohne den er auch im Berghaus nicht sein wollte. Mutter zog sich oft in einen der winzigen Nebenräume zurück, ihr waren die Schießereien auf Amerikas Straßen ein Gräuel.

7

Im Juli 1967 ein Anruf von Mutters Onkel: Man hatte die Geschäftsbücher ihres Bruders überprüft, sein Betrieb stand vor dem Konkurs. Eine Besprechung der Geschwister wurde einberufen.

Meine Mutter, unternehmensfreudig wie eh und je, rutschte unversehens in die Position der Retterin. Der Onkel: Annelies, nur du kannst die Sache noch retten.

Retten, das hieß: den elterlichen Besitz übernehmen, Realteilung, die Geschwister werden ausbezahlt. So fand sich – zum Schrecken meines vorsichtigen Vaters – meine Mutter (und er mit ihr) als Besitzerin eines großen Schreinereikomplexes in der Bregenzer Vorstadt, hochverschuldet wegen der zu zahlenden Abfindungen, alles auf Kredit bei sehr hohen Zinsen.

Mein Vater sah das Ende gekommen. Ruin. Bankrott. Meine Mutter aber sprach von Chance. Was meinte sie?

Als 1970 auf dem Grund der ehemaligen Schreinerei der erste Großmarkt Vorarlbergs eröffnet wurde – wir fünf Kinder mit den stolzen Eltern etwas betreten, unsicher auf dem Siegerfoto –, da wusste jeder, was Mutter gemeint hatte. Jetzt begann freilich erst die Zeit der wahren Unbeliebtheit bei ihren Geschwistern – ihre Mutter war da schon tot.

In Mutters Aufzeichnungen, und nicht nur in ihnen, kommt dem Bregenzer Objekt ein entscheidender Stellenwert zu. Wieder und wieder erläutert sie haarklein die winzigste Auseinandersetzung darum, den kleinsten Fortschritt der Verhandlungen und, besonders, die rechtlich abgesegnete Verteilung der Erbmasse.

Woher dieser Stellenwert des elterlichen Erbes?

Dazu muss man wissen, dass es sich bei der Ehe meiner Eltern sehr rasch um ein Machtspiel handelte. Mein Vater, der Akademiker, warf meiner Mutter erst ihre bigotte Verwandtschaft vor (worauf sie mit den »Armenhäuslern« konterte, deren Kind er war und die jahrelang am Hungertuch genagt hatten), dann, als er sah, dass er damit keinen Erfolg hatte, zog er seine Trumpfkarte: ihre mangelnde Bildung. Er hatte studiert, war durch die Weihen der Universität gegangen (alles selbstfinanziert, mit Nachhilfestunden, die er an den freien Nachmittagen gab), er war jemand. Titel und Beruf bestätigten das. Wer war sie? Sie wusste ja nicht einmal, dass ein gewisser Karl Marx ein großes Buch mit dem Titel »Das Kapital« geschrieben hatte, in dem genau solche Leute wie ihre Verwandtschaft entlarvt werden. Nicht als Detektivgeschichte, nein, sondern dialektisch und materialistisch wurde da handfest und unumstößlich die Verrottetheit des Kapitalismus gezeigt. Jetzt galt es nur noch, zu begreifen. Wachen Auges, und nicht verschleiert von religiöser Inbrunst wie sie und ihre Mutter. Religion, das war Opium fürs Volk. Wann begreife sie das endlich?

Sein anfänglicher Charme, seine dandyhaften Manieren, seine Weltläufigkeit hatten sich bald zu Härte und Unerbittlichkeit gewandelt.

Sie bereute, ihn geheiratet zu haben. Sie bereute es sehr. Im Stillen beschloss sie hundertmal, ihn zu verlassen. (Gerd lebte inzwischen mit Frau und Kind in Amerika. Wäre sie doch damals nicht so dumm gewesen. Hätte sie sich doch nicht täuschen lassen von diesem Charmeur, ihrem Ehemann, der in Wirklichkeit gar keinen Charme besaß.)

Wer sieht schon die feinen unterirdischen Kraftlinien, die den Zusammenhalt einer Familie bestimmen? Und wer sieht, was zuerst kommt: die Aggression oder der Rückzug?

Mutter sorgte für Nestwärme. Bei ihr fühlten sich die Kinder wohl. Der Vater wurde bald unheimlich. Er hatte das Wohnzimmer mit seinem jeden Abend flimmernden Fernseher besetzt, und mehr und mehr saßen die Kinder bei der Mutter im kleinen warmen sogenannten Esszimmer. Stundenlange Gespräche über die Schule, über Freunde, über die Erlebnisse des Tages, begleitet von fröhlichem Gelächter, das verstummte, wenn der Vater hinzutrat. Gleich würde er den einen oder anderen von uns an diese und jene versäumte Pflicht erinnern, Mutters Abrechnungen beanstanden oder uns mahnend auf unsere Zimmer schicken. Wollte er einfach nur teilhaben an unserer trauten Runde und blieb sitzen, geriet das Gespräch ins Stocken, und bald entschuldigte sich der eine, dann die andere mit einer Ausrede.

Ich erinnere mich an frühe vertraute Stunden an der Seite meines Vaters, bei Kerzenschein im Esszimmer zum Nikolausfest. Lachen, Witze, ja Harmonie. Damals küsste ich meinen Vater noch jeden Abend vor dem Zubettgehen. (Erinnerung an die Berührung mit dem stachligen Bart, die mich wieder zurück zur Mutter fliehen ließ.)

Bald war es damit vorbei, und aus dem Vater, der uns anfangs noch seine Nähe spüren ließ, war ein Fremder geworden, der nur Strafen, Befehle erteilte, schlechte Stimmung verbreitete und von uns allen gemieden wurde. Jeweils Erleichterung am Abend, wenn er das Haus verließ, zur »Sitzung« (er war damals Mitglied der Dornbirner Stadtvertretung, auf der Bank der Sozialisten).

Jetzt gehörte das Haus uns. Mutter war unsere Freundin. Wir fühlten, wie auch sie in seiner Abwesenheit ihre Fröhlichkeit wiedergewann.

Wer war dieser Mann, den ich so früh verloren habe? Das frühe Bild vom abendlichen Küssen auf seinem Schoß wird bald verdrängt von den wie albtraumhaft bleibenden Befehls- und Schimpftiraden, an die wir uns bald, wie Untergebene an die Wutausbrüche ihrer Vorgesetzten, gewöhnt hatten.

Was war geschehen? Wer hatte uns von der guten in die böse Welt verstoßen?

Noch vor der Volksschule sponn ich mit meinem Freund Stefan und anderen Kindern einen Traum aus: Wir wollten alle Eltern aus unserer Straße auf einem

Schiff in die Südsee bringen, sie dort auf einer Insel aussetzen und das Schiff versenken lassen. Die Straße aber würde uns gehören, wir wären unsere eigenen Herren, es gäbe keine Schule und niemanden, der uns sagte, was wir zu tun hätten.

Mit fünf war es auch – Mutter bestätigte es mir kürzlich –, dass ich ihr sagte, sie solle sich scheiden lassen. Ich würde mit ihr gehen, ich versprach es ihr. Woher wußte ich damals, was es heißt: sich scheiden lassen? Woher hatte ich das Wort?

Wo, an welchem Punkt (Zeitpunkt? Handlungspunkt?) begann es, dass mein Vater nur noch um sich schlug, tobte, ohne wirkliche Chance, in die Rolle des pater familias zurückzukehren?

Was ihm blieb: die Härte, die »Ordnung«, die über alles zu stellen war. Er hatte schließlich nur noch das Prinzip darzustellen.

Während sie die liebende, verstehende Mutter war.

Sie wusste, wer sie war. In ihrer Familie war immer sie es gewesen, die handelte, organisierte, arrangierte, einfädelte. Weshalb sollte sie plötzlich ohnmächtig vor einem übermächtigen Mann, meinem Vater sein? So aber war unser Bild von ihr: Sie litt unter ihm. Und mit ihr litten wir Kinder. Das uns eine Kindheit lang – und heute noch – vermittelte Bild der sich Fügenden, Leidenden, stimmt es wirklich?

Die Akribie, mit der sie ihren Anteil am Familienvermögen aufgelistet und meinem vor den Kopf gestoßenen Vater präsentiert hat – beide haben sie eine Ehe lang wie Ertrinkende nach Strohhalmen gegriffen. Was wollte sie ihm beweisen? »Ich bin jemand, nicht nur du allein. Ich bin sogar mehr als du. Weil unser Geld von mir kommt, von meinem Erbe, das ich allein gerettet habe.«

Wer hat im 18. Jahrhundert seine Lebensbeschreibung verfasst?

Generäle im Ruhestand, Staatsmänner, seltener Gelehrte. Männer von Welt, die Geschichte gemacht haben. Im 19. Jahrhundert, in der Romantik wird die »Selberlebensbeschreibung« als empfindsames Gewerbe geboren. Man verewigt sich mittels idealtypischer Wunschautobiografien.

Meine Mutter – eine Romantikerin. Der Traum vom Leben im Salon, wo Dichter, Komponisten, Maler, Gelehrte verkehren. Sie selbst eine gefeierte Sängerin. Sie war an der Schwelle zu einer Karriere als Sängerin. Dann lernte sie ihren Mann kennen, verlor den Kontakt zu ihren Musikerfreunden. Ihr blieb die Sehnsucht nach einem Leben im Zeichen der Muse, immer.

Als sie, frisch verheiratet, wieder bei einer Laientheatergruppe spielen wollte, herrschte er sie an: Ich habe eine Frau geheiratet, keine Schauspielerin!

Sie ließ sich's bieten. Kann man auf ein ganzes Leben verzichten? Es ist wahr, es gibt genügend Beispiele von Frauen, die sich für ihre Männer opferten.

Eine versäumte Karriere als Künstlerin. Mein Bruder ist Maler geworden. Ich schreibe die Geschichte meiner Mutter. Leben wir ihr versäumtes Leben?

Und hat sie ihre Aufzeichnungen nicht an der italienischen Riviera begonnen, nach der Lektüre des Schmökers »Thirza, Tochter der See«?

Manchmal, beim Lesen ihrer Aufzeichnungen, verschwimmen mir die Zeilen. Mir schwindelt. Ich weiß nicht mehr, wer diese Zeilen geschrieben hat. Meine Mutter, wer ist das?

Sie tippte mir, ich war vierzehn, meine ersten Texte mit der Maschine. Als ich mit achtzehn, ich schrieb an meiner ersten langen Erzählung, nach einem Mopedunfall an der rechten Hand einen Gips trug, schrieb sie mir sogar nach meinem Diktat meinen Text weiter. Ich habe noch heute das Heft mit ihrer Handschrift.

Ich konnte mit jedem Wunsch zu ihr kommen. Später steckte sie mir, da sie wusste, dass ich als Student kein Geld hatte, manchmal heimlich einen Schein zu. Vater durfte es nicht sehen.

Ich lief in schäbigen Kleidern herum, trug immer dieselben zwei abgewetzten Acrylpullover. Ich schämte mich dafür. Ich besaß nichts. Den Kassettenrecorder, das Rennrad, mit sechzehn das Moped (gebraucht) konnte ich mir nur kaufen, weil ich als Elfjähriger überfahren wurde und sogenanntes »Schmerzensgeld« bekam.

Wir wurden dazu erzogen, für die Zukunft zu leben. Als Sozialdarwinist war mein Vater für einen harten Lebenskampf. Wir konnten dabei nur gewinnen. Warum sollten wir »aus dem Vollen schöpfen«, wenn er in seiner Jugend gedarbt hatte? Schließlich hatte ihm das Darben nicht geschadet, und auch uns würde es nur guttun. Was mich nicht umbringt, macht mich stärker. Und: Ihr werdet noch an mich denken.

Als Kind war ich, wie die meisten Kinder, überzeugt, nach der Geburt vertauscht worden zu sein. Meine Eltern waren nicht meine richtigen Eltern. Ich war anders. Ein Kuckuck im Amselnest. Ich beneidete meinen Freund Stefan um seine Eltern. Sein Vater war liebenswert, und vor allem: Er schrie nicht. Seine Mutter steckte mir für kleine Arbeiten wie Mülleimer hinuntertragen zehn Schilling zu. Das war viel Geld. Mein Herz flutete über vor Dankbarkeit.

Das Karge, Kahle meines Elternhauses. Keine Gemütlichkeit. Wie wohl fühlte ich mich am Tisch bei anderen Leuten. Am liebsten wäre ich geblieben. Ich wollte in Stefans Familie aufgenommen werden. Dann ging die Sonne unter, und ich musste doch wieder nach Hause.

Vor Kurzem sprach ich mit meinem seit zwei Jahrzehnten nicht mehr besuchten Onkel – eigentlich

Großonkel –, der mein Firmpate wurde. Am Vortag der Firmung fuhr ich ein Stück weit in seinem Maserati mit. Ledersitze. Speichenfelgen. Das war die große Welt. Wenn mich doch meine Freunde sehen könnten! (Natürlich hatte er keine Zeit für die Dampferfahrt mit mir, dem Zehnjährigen, zur Insel Mainau im Bodensee. Meine Eltern sprangen für ihn ein, was mich damals sehr enttäuschte.) Ich wollte Näheres über seinen Vater, den großen Bauunternehmer wissen, in dessen Münchner Büro meine Mutter während des Krieges arbeitete. In der darauffolgenden Nacht träumte ich, mein Bruder und ich hingen als Starkstromarbeiter an einer Hochspannungsleitung, und mein Vater wollte uns töten. Ich schrie ihn an (ich erkannte ihn dabei nicht), als ein Klopfen an der Tür mich weckte.

Jahrelang erschien mir mein Vater meist nur als kaugummiartig verzogene Stimme in meinen bösen Träumen. Ich wollte ihn töten. Ich wollte leben. Dazu musste ich ihn töten.

In Albert Camus' nachgelassenem Roman »Le premier homme« begibt sich der Held auf die Suche nach seinem im Weltkrieg gefallenen Vater. Er steht vor seinem Kreuz auf dem Soldatenfriedhof, und erst als er die darauf eingravierten Lebensdaten voneinander abzieht, wird er sich darüber klar, dass er selbst, noch keine vierzig, älter ist als es der Tote an seinem Sterbetag war. Wie ein Schock fährt es in ihn: Nie würde sein Vater ihn begreifen können.

Mutter und die Pflanzen: das ganze Haus voll von ihnen. Kakteen, Begonien, Sansevierien, Gummibäume. Am Balkon die unvermeidlichen Geranien. Sie legt Wert darauf, dass ihre Pflanzen beachtet werden.

Tatsächlich, auch wenn es nach außen hin, im Lärm, den mein Vater schlug, nie so aussah, setzte sie immer ihren Willen durch: Sie übernahmen ihr elterliches Erbe unter hohen finanziellen Opfern. Sie zog einen Investor für den Bau des Großmarkts an Land. Noch jetzt ist sie die Antreiberin. Sie bringt die doppelte Kraft auf: Einerseits für die Beseitigung der Widerstände der Behörden, der Baugremien usw., andererseits für die Umwandlung der negativen Energie meines Vaters, die sich täglich in pessimistischen Prognosen entlädt (zusätzlich entlarvt er alle Geschäftspartner als Schurken und Betrüger), in Fortschrittsenergie. Sie bittet Gott um Kraft, ihn zu ertragen und seine zersetzende Kraft in gute Strömungen umzuwandeln. Und es gelingt ihr. Wie eh und je glaubt sie an den guten Ausgang aller Pläne und Projekte. Als hätte sie unendlich Zeit, ihre Träume in die Tat umzusetzen. Und sie hat sie auch. Sie setzt sich durch. Wie sie sich, Detail für Detail, immer durchsetzte. (So etwa beim Kauf des Wintersitzes auf einer kanarischen Insel, gegen den Vater zunächst sturmlief. Zu weit weg, zu riskant usw. Mutter beharrte. Setzte sich durch. Jetzt genießt auch er die Wintermonate an der Sonne. Dort ist er ganz anders, sagt sie.)

Was ich nie glauben konnte: dass sie es »schön miteinander haben«. Ich habe sie nur streitend erlebt. Wenn ich sie darauf ansprach sagten sie, ich solle mich nicht so zieren, das sei doch ein normaler Umgangston.

Wenn ich sie heute besuche, habe ich angesichts ihrer augenblicklich startbereiten Streitsucht den Eindruck von lebenslang aufeinander eingespielten Schauspielern: Ein Wink, ein für andere unsichtbares Zeichen, und die Komödie beginnt. Und wie es sich für echte Schauspieler geziemt, bedürfen sie eines Publikums: ihrer Kinder. Immer wieder versicherte mir Mutter, mit ihm allein wäre alles ganz anders. Und ich glaube es ihr, jetzt.

Vielleicht ist die Komödie meiner Eltern, die sie zwei, drei Jahrzehnte so überzeugend für uns spielten, von allen Elternkomödien eine der radikaleren. Im Grunde hätten sie einen Preis für ihre schauspielerischen Qualitäten verdient. Jetzt, nachdem sie ihre Kinder los sind, können sie endlich ihr heimliches Glück leben.

In ihrem einundsiebzigsten Lebensjahr schrieb meine Mutter eine Postkarte an den Mann, den sie am meisten geliebt hat: Gerd.

(Detail: Mein Vater war mit der Karte einverstanden. Hat er seine Eifersucht überwunden? Nein, aber der andere ist weit weg, und seitdem sind immerhin fünfzig Jahre verstrichen.) Es kam keine Antwort.

Keine Unfälle, keine Todesnähe. Keine waghalsigen Abenteuer. Nur das Abenteuer eines durchgehaltenen Lebens.

Doch, ein Abenteuer blieb unvergessen: Meine Mutter war immer eine schlechte Lügnerin. Ich durchschaute sie schon früh, wenn sie auf meine Frage nach diesem oder jenem Ding, das eben noch an diesem und jenem Ort gelegen hatte, mit falscher Unschuldsmiene so tat, als wisse sie nicht, wovon ich sprach. Sie ließ »Dinge verschwinden«, das verstand ich recht rasch. Dinge, die ihr nicht gefielen, von denen sie fand, dass ihr Sohn sich nicht mit ihnen umgeben sollte. Als ich mit sechzehn auf einem Flohmarkt einen alten Gehrock fand – ich sah darin wie ein Mensch aus einer anderen Epoche aus – und damit in die Schule ging, suchte ich das alte Ding nach kurzer Zeit vergeblich unter meinen Sachen. Als ich Mutter nach dem Gehrock fragte, setzte sie ihre scheinheilige Miene auf, die ich nur zu gut kannte, und sagte in gekünsteltem Ton: Der Gehrock? Nein, den habe ich nicht gesehen …

Meine Mutter war nicht nur eine schlechte Lügnerin, sie war auch eine miserable Schmugglerin. Im kleinen Vorarlberg hatte das Schmuggeln, vor allem an und über die Schweizer Grenze, eine lange Tradition. Von den Einwohnern Lustenaus, das nur durch den Rhein von der Schweiz getrennt ist, behaupten böse Zungen (mit einem Augenzwinkern) bis heute, dass sie allesamt Schmuggler sind.

Meine Mutter sollte – es muss vor dem Anschluss Österreichs an das Deutsche Reich gewesen sein – im Auftrag ihrer Eltern von der Verwandtschaft in Langenargen – das waren Juweliere – am deutschen Bodenseeufer Schmuck und Reichsmark über die Grenze schmuggeln. Um möglichst unauffällig zu bleiben, fuhren nicht ihre Eltern sie mit ihrem stattlichen Automobil dorthin, sie sollte die Fahrt unbegleitet mit Zug und Bus unternehmen.

Die Verwandten nähten das Schmuggelgut in den viel zu großen Wintermantel ein, der eigens für diesen Zweck aus dem Schrank geholt wurde, obgleich es viel zu warm dafür war. In Lindau musste meine Mutter beim Umsteigen durch den Zoll. Aschfahl und zittrig stand das Nervenbündel vor dem Zöllner, der durch sie hindurchsehen konnte. Dieses Mädchen konnte nicht lügen, und schon gar nicht schmuggeln. Der Zöllner führte sie in seine Amtsstube, das Futter des Mantels wurde aufgetrennt, und da war er, der Goldschmuck und das Bargeld. Meine Mutter weinte und gestand alles, sie bat um Milde und Verständnis, sie erlebte den Weltuntergang. Der scharfe Ton des Zöllners milderte sich etwas ab, eine gesalzene Strafe wurde dennoch berechnet, der Schmuck verzollt, das Bargeld schrumpfte zusammen. Und auch Annelies war erheblich geschrumpft. Weinend und voller Angst, wie sie es den Eltern erzählen sollte, fuhr sie nach Bregenz.

Ihr Stolz. Sie war sich sicher, jemand zu sein. Sie wusste, was sie wollte (und stürzte sich dann doch mit einem »Habenichts« ins Abenteuer Ehe, an der sie bald zu zweifeln begann). Ihr Stolz half ihr weiter, beeindruckte, öffnete viele Türen. Aber verhinderte auch, dass sie ihre große Liebe zum anderen Mann lebte. Wie leicht wäre es gewesen zu sagen: Nein, du kommst nicht zu spät. Gerade recht kommst du, damit ich dir sage, dass du es bist, den ich liebe.

Ein Leben lang hing sie den Träumen nach. Als junge Frau träumte sie sich auf die großen Bühnen, in die elegante Welt. Nach der Hochzeit träumte sie sich zurück in ihre Jungmädchenleichtigkeit, in den Glanz der für sie versunkenen Welt. Zugleich war sie eine große Realistin. Sie war die Frau eines »roten« Architekten im »schwarzen« Vorarlberg. Gemeinsam bestanden sie alle Feindseligkeiten, Anschwärzungen von außen. Sie war tüchtig, hatte in Geschäftsdingen eine glückliche Hand. Sie war es, die den Grundstock zum Wohlstand der Familie legte. Für uns Kinder unbegreifbar: Wir waren angeblich wohlhabend, tatsächlich aber gingen wir in den schäbigsten Kleidern zur Schule. Vater mit seinem tagaus, tagein monomanisch hergebeteten »Wir müssen sparen«.

Früh schon schämte ich mich für meine Eltern. Die wenigen Freunde, die ich mitzubringen wagte, wurden von Vater ausgehorcht, einer Einkommens- und sozialen Schicht zugeordnet und fortgeekelt. Von Anfang an war mir der Sozialismus meines Vaters suspekt: Denn er wollte uns nur in Gesellschaft der Söhne und Töchter aus gutem Hause sehen. Wessen Vater nicht Rechtsanwalt oder Arzt oder Firmenbesitzer war, hatte es bei uns schwer. Mein Vater verachtete die Klasse der Arbeiter und einfachen Leute, der er entstammte. »Lernt etwas, damit ihr jemand werdet. Jeder hat heute die Chance dazu.«

Unsere Dornbirner Nachbarschaft: eine Gardinenwelt. Verregnete Häuser, sumpfige Gärten, von hohen Hecken umgeben. Man sperrte sich ein, sperrte sich weg und die anderen hinaus. Eines war das Wichtigste: der sauer verdiente Fernseher. Tor zur Welt. Jeden Abend blaue Fernsehseligkeit. Man spielte nicht mehr Karten – das ortsübliche Spiel hieß Jassen und wurde mit altdeutschen Karten gespielt –, wie man es früher tat. Wenig Geselligkeit, seltener und seltener kommen Gäste. Große Aufregung unter uns Kindern, wenn ein Onkel zu Besuch war und es nach Wein und Zigaretten roch. Das waren spannende Abende, wir lauschten in den unteren Stock hinunter, ob wir ein Wort aufschnappten. Die große Welt: Das waren Wein und Zigaretten. Mit sieben paffte ich an einer vergessenen Packung im Beisein meiner Schwestern. »Lasst ihn nur rauchen, da wird ihm so schlecht, dass ers nie wieder tut.«

Verließ man das Haus, bewegte sich hinter irgendeiner Gardine ein Schatten: Man wurde beobachtet. Was gab es zu sehen? Nichts, deshalb musste wieder und wieder ausspioniert werden. Heute noch schnürt mir jede Gardine vor dem Fenster den Hals zu. Daher Wohlgefühl in Amsterdam, wo die Wohnungen offen daliegen, als gehörten sie zur Straße. Meine Mutter, wenn sie eine Wohnung ohne Gardinen betritt: »Was sind das für arme Leute, die sich nicht einmal Gardinen leisten können?« Sinnbild liederlichen Lebenswandels: Schlaf bis in den Vormittag, und Gardinenlosigkeit.

Auf den alten Fotografien lächelt meine Mutter inmitten der anderen immer am glücklichsten. Sie war noch mit fünfundzwanzig ein Sonnenkind.

Nach ihrer Hochzeit, auf den Fotografien der Betriebs- und Firstfeiern, der Geschäftsessen und Empfänge verliert sich dieses Leuchten, um einer manchmal bemühten Heiterkeit zu weichen. Gewiss, Fotografien sind nur Momentaufnahmen. Im nächsten Augenblick wäre ihr Ausdruck vielleicht ein anderer. Dennoch bezeugen sie etwas.

Eines der komischsten und traurigsten Familienfotos: Weihnachten 1961. Der recht korpulente Vater auf einem Sessel neben dem Weihnachtsbaum. In der Bildmitte meine vier Geschwister, sämtlich die Münder offen – jedes nach seiner heute noch erkennbaren Art –, staunend, wahrscheinlich von einem unerwarteten Geschenk des Fotografierenden überrascht, im Hintergrund meine Mutter mit nachdenklichem Gesichtsausdruck, mich als dreimonatigen Säugling auf dem Schoß, der auf die am Baum brennenden Kerzen starrt. Ein Foto wie ein Vermächtnis.

Wo ist seine Wirklichkeit heute? Ruhend, zu Gestalt geronnen in jedem von uns.

Meine Mutter wurde von ihrem Vater sehr geliebt. Die fanatische Religiosität ihrer Mutter: War da nicht ein Leerraum, der sich auftat, durch nichts erfüllbar? Ihr liebender Vater war schwächer als ihre Mutter. Tat meine Mutter nicht alles, um von ihm gerechtfertigt zu werden – und ihn zu rechtfertigen? Sie entwickelte die männlichen Tugenden, die ihrem Bruder fehlten. Sie ersetzte die Leerstelle des Vaters in sich selbst. Um welchen Preis? Um den Preis eines Ehemanns, von dem sie sicher sein konnte, er würde ihre musische, künstlerische Seite unterdrücken. Ihm konnte sie nur durch ihre Geschäftstüchtigkeit zeigen, wer sie ist, ihn in seine Schranken weisen. Ein lebenslanger Kampf begann. Sie heiratet einen Mann, von dem sie weiß, er wird ihr das, was ihr alles bedeutet, den Gesang, die Bühne verbieten. Warum tut sie das? Aus Lust am Leiden? Oder um endlich die Stelle ihres Vaters ausfüllen zu können, den sie sich härter, energischer, durchsetzungsfähiger gewünscht hätte? Sie litt darunter, dass dieser gute, verständnisvolle Mann bei seiner Frau so wenig zu sagen hatte. Also selbst der Vater sein? Den Gesang, die Schönheit opfern, um endlich in der Männerwelt zu bestehen? Die Tüchtige bemerkte zu spät, dass sie gegen Chimären kämpfte: Die Schatten ihrer Eltern, manifest im elterlichen Erbe, waren da schon zu lang. Sie verletzte in einem fort sich selbst: Anerkennung fand sie zwar, selbst bei ihrem Ehemann, als die Geschäftstüchtige, die unermüdlich alle Hebel um ihrer Sache willen in Bewegung setzte; wonach es sie wirklich verlangte, nach der Anerkennung als Sängerin, das blieb ihr verwehrt – sie selbst sorgte dafür.

Meine Mutter, heute: noch immer von einer durch keinen Rückschlag belehrbaren Zuversicht. Woher nimmt sie die Kraft, wieder und wieder an das glückliche Ende ihrer Unternehmungen zu glauben? Gewiss, sie ist religiös. Aber Religiosität allein hilft nicht über die unausgesetzt negativen Kommentare und Prophezeiungen eines Ehemanns hinweg. Oder doch? Sie ist ein von grundauf fröhlicher Mensch, monomanisch bemüht, überall das Gute zu sehen. Das ist ihre Kraft: Sie hat ihre Vision, träumt sich nach vorn. Ausgeprägtes Talent, zu versöhnen, Harmonie zu stiften. So hielt sie die Familie zusammen, ertrug jede beißende Kritik, jeden Spott meines Vaters. Sie ging aufrecht durch alle Schiffbrüche. Sie hatte niemanden, der sie stützte. Nur manchmal, wenn ihre Verzweiflung zu groß wurde, sie in Weinkrämpfe ausbrach, beschützte sie mein Vater, auch gegen uns. Zwei-, dreimal sah ich die beiden so als wirklich zusammengehörendes Paar.

Stolz: meine Mutter, die starke Frau.

Mein Vater: Anfangs sah meine Mutter in ihm einen zuvorkommenden, angenehmen, gescheiten Menschen, kultiviert, mit Manieren. Was ist geschehen? Weshalb haben wir, seine Kinder, ihn so nicht kennengelernt?

Als gäbe er nicht nur den anderen, sondern auch sich selbst keine Chance. Ich versuche zu verstehen: Er ist vierunddreißig, als er heiratet. Er hat Erfahrung, kennt andere Frauen. Er liebt meine Mutter. Er kämpft um sie. Da ist der andere, den sie eigentlich liebt, er weiß es. Der andere verhält sich aber indifferent. Er, der Aufsteiger aus dem Arbeitermilieu, hätte gegen den Fabriksdirektorssohn mit den feinen Manieren keine Chance gehabt. Sie demütigt ihn, indem sie ihn zappeln lässt, ihre Entscheidung vertagt. Er fährt ihr in den Schiurlaub nach. Er »will es wissen«. Sie ist seine Traumfrau. Eine Verbindung mit ihr würde seinen Traum vom sozialen Aufstieg Wirklichkeit werden lassen. Er ist gebrandmarkt: ein »Roter«. Zwar steht sie zu ihm, aber mehr mit dem Mut der Verzweiflung als in Liebe. Eigentlich möchte sie noch immer zurück zum anderen. Aber ihre Erziehung verbietet es ihr. Sie ist nicht glücklich, mein Vater weiß es. Was bleibt ist: kämpfen, sich durchsetzen. Das können sie, beide. Das verbindet sie. Sie sind stark. Nur, seltsam: Als die Kinder geboren sind, sieht er sich mehr und mehr ausgeschlossen. Die Mutter und die Kinder: eine Einheit. Bald: eine Front gegen ihn. Wie den Boden zurückerobern, der ihm zusteht? Zeigen, wer man ist. Das ist der falsche Weg: Die Kinder sind verängstigt, fürchten den allzustrengen Vater. Er versucht es mit Zärtlichkeit. Jetzt fürchten sie ihn noch mehr, denn sie wissen nicht mehr, woran sie sind. Er sieht sich verraten. Waren all die Kämpfe ums Familienglück umsonst? Jetzt, da sie ihr größtes Ziel erreicht haben, bedeutet es nichts mehr? Er wird streng, chronisch übellaunig, hart, ja böse. Enger und enger rücken die Wände zusammen, und der Tag ist grau.

Heute lacht er sogar mit, wenn sie ihre in jüngster Zeit auf ihn verfassten Spottgedichte vorträgt. Zur Versöhnung möchte er dann allerdings das Gedicht aus Anlaß des vierzigsten Jahrestags ihrer Ehe hören. Es beschwört heroisch die guten Seiten ihrer Verbindung.

Meine große Kindersehnsucht nach der Aussöhnung der Eltern: Ich sah sie dastehen, sich die Hände reichen, einer dem andern rechtgeben – was nie vorkam – und als gute Freunde auseinandergehen. Und vor allem: uns aus ihrem unausgesetzten Streit heraushalten. Tatsächlich stritten sie ja um unsere Gunst. Wem gehört die Älteste? die Zweitälteste? der Drittälteste? die beiden Jüngsten?

Das Ungenügen am hier Gesagten: Als sorge ein Mechanismus dafür, dass die Wörter, als gedachte eben noch richtig, niedergeschrieben insgesamt falsch klängen, sich gegen den Willen des Schreibenden umkehrten.

Beim Wiederlesen mancher Sätze erschrecke ich: Habe ich es wirklich so gemeint? Ich wollte es doch ganz anders sagen, war aber nicht dazu fähig.

Und wollte ich nicht noch dies eine sagen? Und dieses andere? Und besonders jenes Dritte? Und wollte ich nicht insgesamt geduldiger, tiefatmiger über meine Mutter nachsinnen? Und dann doch wieder: Für heute habe ich getan, was ich tun konnte.

»Ich bin nicht bereit, mich selbst als Denkmal eures Konflikts zu sehen. Auch euch Großvätern und Großmüttern sage ich: Lasst mich in Frieden mit euren unbewältigten Leben.« Sprachs, und die Wände verstummten.

Jetzt lege ich den Bleistift zur Seite, atme tief aus, gehe weg vom Tisch. Ich verlasse das Haus in südlicher Richtung, die rue du 4 Septembre entlang. Ich kreuze den Boulevard du roi René, folge der Avenue Jules Ferry. Im Parc Jourdan steht ein Landhaus im italienischen Stil, und von der nahen Universität zieht tagaus, tagein eine Karawane von Studentinnen und Studenten, Bücher, Vorlesungsmitschriften unterm Arm, daran vorbei (die Institutsgebäude muten an wie die faschistischen Zweckbauten der Ära Mussolini in den italienischen Städten). Hier im Park ist mein weiter Ort, Raum zum Atmen – nicht in den allzuschönen, aber wie im Korsett geschnürten Straßen des alten Aix. Wie wohltuend, die Geschichte meiner Mutter durch das Licht dieses hellen Wintertags zu sehen, hier im Parc Jourdan am Südrand der kleinen Stadt Aix-en-Provence, wo sich überall die Kronen der Platanen, der Eschen, der Kastanienbäume lichten, während über den zweimal haushohen Pinien sich endlich ein italienischer Himmel wölbt (und für einen Augenblick verbringe ich diesen Winter im siebenhügeligen Rom, die Villa Borghese von Nord nach Süd querend, auf dem Weg zur Piazza San Silvestro, wo mich in der Eckbar mit dem sentimentalsten aller römischen Barmänner ein guter alter Bekannter erwartet). Die schöne jetzt Vorübergehende, wiederauferstanden aus dem Baudelaireschen Gedicht, sie schreitet durch die eben beendete Niederschrift, fügt Licht hinzu, wo es daran mangelt, rückt da und dort ein Wort zurecht und lässt überhaupt dem Ganzen die nötige Luft zukommen. Durch ihre Augen auf einen anderen Weg gebracht, weitet sich mir die Brust, und ich blicke horizontwärts. Dort zieht jetzt, in V-Formation, eine verspätete Vogelschar afrikawärts über die winterweiten Fluren.

II

(2022)

I

Seit dem Tod meiner Mutter erfasste der Gedanke, dass sie ihr Leben nicht so leben konnte, wie sie es sich erträumt hatte, wieder stärker Besitz von mir. Sie kannte seit ihrer Eheschließung mit meinem Vater vor allem eins: den Verzicht.

Schon als Kinder hatten wir, meine Geschwister und ich, sie angefleht, mit uns unseren Vater zu verlassen, der uns Angst einflößte mit seinem ewigen Gebrüll. Ach Kinder, hatte meine Mutter traurig erwidert, ich kann doch nicht weggehen, wir haben ja kein Geld.

Nach dem Tod eines geliebten Menschen schießt sein Leben wie in Kristall geschlossen zusammen, wird durchsichtig, wir sehen klarer, wer er war – möglicherweise.

Vielleicht hat man zu Lebzeiten seiner Eltern nicht genügend Distanz, um zu verstehen, wer sie sind. Doch nach ihrem Tod versteht man vielleicht etwas besser, wer sie waren.

Wer war meine Mutter? Diese Frage beschäftigte mich schon viele Jahre, bis ich 1994 den ersten Teil dieser Annäherung an sie niederschrieb. Damals, nach Beendigung des ersten Teils, wurde mir beim Wiederlesen klar, dass ich diese Zeilen nicht veröffentlichen konnte, solange meine Mutter lebte. Sie hätte gewiss tausend

Einwände gehabt, hätte das, was ich geschrieben hatte, nie annehmen können. Wahrscheinlich ist es so: Wenn ein anderer über unser Leben schreibt, kann es nie stimmen, ganz einfach, weil es mit den Augen eines anderen verfasst ist. So ergeht es wohl auch den meisten, die zum erstenmal das Portrait sehen, das ein Maler von ihnen angefertigt hat. Es kann niemals der richtige Blick sein, denn es ist ein ihnen unbekannter Blick.

Als ich dieses Buch begann, war ich selbst noch jung, meine Mutter noch am Leben, alles war offen, noch nicht beendet, wenn es mir auch unwahrscheinlich erschien, dass ihr Leben noch eine radikale Wendung nehmen würde.

Ich hatte unrecht, wie meist, wenn man sich einer Sache sicher glaubt. Die Unruhe, die Unzufriedenheit meiner Mutter mit ihrem Leben war damals noch stark spürbar. Sie schien, nachdem ihre Kinder längst aus dem Haus waren und auch mein Vater im Ruhestand war, nach einem neuen Weg für sich selbst zu suchen. Sie nahm wieder, wie in ihren jungen Jahren, Gesangsunterricht. Sie hatte sich ein eigenes Auto gekauft, mit dem sie, als Zeichen ihrer Eigenständigkeit, ihre Schwestern besuchte, was regelmäßig zu Spannungen mit meinem Vater führte, der sie am liebsten immer an seiner Seite und unter Kontrolle gehabt hätte.

Ihr eigenes Auto erlaubte es ihr, beinahe etwas wie ein fröhliches Streunerleben im Kleinen zu leben, sich ihre eigenen Stunden zu rauben.

Sie hatte als junge Frau nach dem Krieg den Führerschein gemacht, war aber seit dem Wegzug aus dem Haus ihrer Eltern und der Heirat meines Vaters nie mehr selbständig Auto gefahren. Zunächst wäre ein eigenes Auto für die junge Familie unerschwinglich gewesen. Dann, als sie eines zu kaufen in der Lage waren, war es für meinen Vater selbstverständlich, meine Mutter nicht ans Steuer zu lassen, und alleine schon gar nicht. Ihre Aufgabe war es, die Kinder zu versorgen, das Haus in Ordnung zu halten, für alle zu kochen, als Vaters Sekretärin zu arbeiten, nachts noch Socken zu stopfen und anschließend ihre ehelichen Pflichten zu erledigen.

Solange wir Kinder klein und versorgungsbedürftig waren, blieb meiner Mutter neben meinem Vater, der mehr und mehr in sich selbst versteinerte, wenig Luft zum atmen. Und sie wurde schwanger, sie gebar, sie wurde schwanger, sie gebar, wurde wieder schwanger, gebar wieder, und so weiter und so weiter. Immer begleitet von den Vorwürfen meines Vaters, warum sie denn so fruchtbar sei.

Es kamen schlimme Jahre. Ich war vielleicht acht Jahre alt, als ich mit meinen Schwestern stolz vom Einkaufen kam. Wir hatten einige größere Stück Käse gekauft, die wir meiner Mutter präsentierten. Ihr Gesicht verzerrte sich, ein hoher, erschreckender Singsang entrang sich ihrer Kehle, es war wie ein Jaulen, ein furchtbarer Klagegesang. Da werdet ihr schlank-schlank-schlank-schlank, schrie sie, und dabei blieb ihr Klagegesang hängen, sie wiederholte ihn wieder und wieder, und sie brach zusammen. Ein Arzt wurde gerufen, verschreckt und verängstigt sah ich zu, wie er meiner Mutter eine Spritze verabreichte und uns ermahnte, sie brauche jetzt viel Ruhe. Ausnahmsweise beherrschte sich mein Vater, schrie nicht, verzog sich kleinlaut in sein Fernsehzimmer, überließ seine Frau der Obhut seiner Kinder. Wir brachten sie ins Schlafzimmer, wimmernd lag sie in den Kissen, verloren und mitleiderregend. Meine Mutter war zerbrechlich, sie war kein Fels, auch sie war schwach, auch sie würde sterben, ich begriff es. Auf das Leben war kein Verlass, alles war hinfällig, der Boden unter den Füßen wankte, war nur eine Illusion. Wohin in einem so zerbrechlichen Leben, wo gab es Rettung?

Wir verließen das Schlafzimmer auf Zehenspitzen. Wir Kinder hatten immerhin einander, aber wen hatte Mutter?

Ein Sonntag im Winter, Faschingssonntag, ein Tag der Freude für uns Kinder. Aufgedreht freuten wir uns auf den Faschingsumzug. Doch ein Streit entzündete sich. Die Szene spielte sich vor dem Schlafzimmer meiner Eltern ab. Ich gehe mit den Kindern zum Umzug, rief meine Mutter. Ihr bleibt hier, verstanden, kommandierte mein Vater hinter der geschlossenen Tür des Schlafzimmers. Wir gehen, rief meine Mutter, wir gehen, riefen wir Kinder. Untersteht euch, ihr bleibt, VERSTANDEN! Vater schrie durch die Tür, die die absolute Grenze zum

Tabu darstellte. Jenseits dieser Tür war verbotener Raum. Wir betraten ihn nie. Er wurde durch den geschlossenen schweren Vorhang markiert, der das Elternschlafzimmer sowie das Bad vom Rest des Hauses trennte. Wir standen alle fünf Kinder in diesem kleinen Vorraum vor dem Schlafzimmer und schrien durch die verbotene Tür. Ich war vielleicht acht Jahre alt. Da riss Vater die Tür auf. In seinen Augen ein böses Funkeln. Mutter sagte noch einmal: Ich gehe mit den Kindern zum Umzug.

Wir Kinder schluchzten längst, als Vater wieder schrie: Ihr geht nicht, ihr bleibt hier, VERSTANDEN!

Da schnellte mein Bruder, er war etwa vierzehn Jahre alt und stark, vor und rief: Wir gehen mit Mama zum Umzug! Und er stieß meinen Vater ins Schlafzimmer. Der starrte ihn fassungslos an. Mein Bruder stieß ihn weiter zurück und aufs Bett. Stille. In den Augen meines Vaters sah ich ein Staunen, einen Hohlraum. Er saß zusammengesunken und bleich auf dem Bett. Er rang nach Luft.

Wir erschraken, noch nie hatten wir Vater schwach gesehen, noch nie war dieser übermächtige Mann, der uns alle zum Zittern brachte, schwach gewesen. Wir wichen zurück, verschreckt, verängstigt. Meine Mutter schob uns aus dem Zimmer. Ich sah, wie sie den Kopf meines Vaters auf ein Kissen bettete. Der Arzt kam und ordnete Ruhe an, absolute Ruhe.

Still und unter Schock gingen wir mit Mutter auf den Faschingsumzug. Ob Freude aufkam, weiß ich nicht mehr.

Und wieder sollte meine Mutter zusammenbrechen. Ihre Nerven hingen an einem dünnen Faden, das verstand ich früh. Einmal kam ich dazu, als mein Vater sie Hure nannte und sie schlug. Ich rannte ins sogenannte Arbeitszimmer, wo ich mich unter dem Tisch hinter einem Haufen Stoffreste versteckte. Das war mein Zufluchtsort, wenn das Haus bebte, wenn mein Vater auf meinen älteren Bruder einschlug, wenn er auf ihm herumtrampelte, wenn sich seine Stimme überschlug, wenn meine Mutter zeterte und ihre Stimme in einer Endlosschleife hängenblieb und wieder der Doktor kam und ihr eine Spritze gab.

2

Das waren die dunklen Jahre, und sie schienen kein Ende zu nehmen. Doch alles hat irgendwann ein Ende. Meine Geschwister wurden größer, eins nach dem anderen beendete die Schule, verließ zum Studium das Haus, ging nach Innsbruck. Ich blieb als Jüngster zurück in einem kalten, erschöpften Haus, das niemand besuchte, in dem niemand zu Gast war. Aus dem Fernsehzimmer dröhnten abends Vaters Filme, es wurde geschossen und die Nachrichten aus aller Welt donnerten wie Lawinen alle paar Stunden durch den Raum, von Hiobsbotschaft zu Hiobsbotschaft.

Ich saß mit Mutter im Esszimmer, ein Elektroofen schnurrte heimlich, denn Vaters heiliges Gebot hieß sparen, also waren alle Räume kalt, nur im Fernsehzimmer schnurrte ein Elektroofen selbstbewusst und selbstverständlich, und Mutter saß im Morgenrock im Esszimmer, den Ofen zu ihren Füßen und lauschte, ob Vaters Schritte sich näherten. Dann würde sie ihn schnell abdrehen, ehe er es tat. Waren sie oder ich nicht schnell genug, zog er kurzerhand den Stecker aus der Dose und sagte: Wir müssen sparen, zieht euch wärmer an! Und ging zurück in sein Fernsehreich, das er Abend für Abend auf volle Wärme aufheizte.

Die Abende der »Sitzungen« waren freie Stunden. Mein Vater war ein angesehener Mann in unserer kleinen Stadt. Er war jemand. Sein Gesicht war auf Wahlplakaten zu sehen – oder täuscht mich meine Erinnerung? –, er wurde respektiert, aber auch gefürchtet ob seiner Härte. Er war politisch gewiss kein leichter Gegner. Aber er wurde geachtet, das sagte er einmal: Dort werde ich wenigstens geachtet, da bin ich wer! (Denn hier, bei Euch, habe ich es schwer, so in etwa muss er es empfunden haben.)

Er machte uns das Leben schwer. Die Gräben waren verhärtet. Längst gab es keinen Körperkontakt mehr. Er war für mich unnahbar, ein Fels aus Granit, ein Hort der Kälte. Mutter und ich zuckten zusammen, wenn er stumm wie ein Gespenst von seinen Sitzungen in unser Esszimmer trat und wortlos den Stecker des Ofens zog. Er brauchte gar nicht mehr zu sagen: Wir müssen sparen – wir hörten es auch so.

3

Wenn ich aus der Schule nach Hause kam, hörte ich Mutter schon von weitem ihre Arien singen. Sie sang beim Kochen bei offenem Fenster. Unsere Nachbarn kannten schon ihr ganzes Repertoire. Manchmal witzelte ein Nachbarskind über den Gesang meiner Mutter. Für mich war das die normalste Sache der Welt: Mütter sangen beim Kochen eben.

Am Mittagstisch wurde nicht gesprochen, denn Vater bestand darauf, die Landesrundschau zu hören. Kanalarbeiten in Götzis, Lawinenabgänge, Vermurungen, Gemeinderatsbeschlüsse. Das alles musste er hören, wieder und immer wieder, täglich und stündlich. Morgens strich er sich die Lokalnachrichten mit den »Vorarlberger Nachrichten« aufs Brot, anschließend, im Badezimmer, lauschte er den Lokalnachrichten im Radio, ehe er ins Büro ging, das an unser Haus anschloss. Vater war sein eigener Herr, sein Büro war mit dem Haus verbunden. Tag für Tag warteten dort seine Angestellten auf seine Anweisungen. Mittags dröhnte die Landesrundschau, und wenn Mutter oder ich etwas sagten, hieß es: Ruhe! Das ist wichtig! Kanalarbeiten in Götzis, Vermurungen in Partenen usw.

Das alles hatte ich meine Kindheit lang über mich ergehen lassen, doch nun, ich war inzwischen fünfzehn, nahm ich meinen Teller und schickte mich an, in der sogenannten Halle zu essen (das Wohnzimmer war Vaters Reich und tabu).

Wohin gehst du, fragte Vater schroff.

Ich esse draußen, antwortete ich, ich bekomme Bauchweh von der ständigen Landesrundschau.

Du bleibst hier, rief Vater, setz dich!

Ich möchte draußen essen, wiederholte ich, ich halte das Radio nicht mehr aus.

Na gut, dann gehe ich, schrie Vater, packte das Radio und verschwand mit seinem Essen im Wohnzimmer.

Mutter und ich blieben im Esszimmer zurück. Wir atmeten auf, es war herrlich, wir konnten reden, während wir vom Wohnzimmer gedämpft die blechernen Stimmen zur Lage der Kanalarbeiten in Götzis hörten.

Das war, wenn ich an dieses Mittagessen zurückdenke, das Ende der dunklen Jahre. Ich lebte so gut es ging mein Leben, kämpfte darum, irgendwie auf dieser Welt zu sein. Und ich zählte die Tage und Wochen, bis ich aus diesem Haus fort- und hinauskäme in die Welt. Doch das ist eine andere Geschichte.

4

Für meine Mutter brach bald ein neues Kapitel ihres Lebens an. Als alle ihre Kinder aus dem Haus waren – ich studierte in Wien, meine beiden ältesten Schwestern hatten geheiratet und lebten mit ihren Männern und Kindern nicht allzuweit von meinen Eltern entfernt, während ich so selten wie möglich zu Besuch kam –, da kehrte auch eine Art Frieden für meine Mutter ein. Sie hatte sich längst mit den Dingen, wie sie waren, arrangiert und lebte ganz für sich ihre eigenen kleinen Freiheiten. Sie besuchte ihre Lieblingsschwester Stefanie in Bregenz, abends saß sie mit ihrem kleinen Elektroofen im Morgenmantel in ihrem Esszimmer und – was tat sie da eigentlich? Nun, mit irgendetwas beschäftigte sie sich, was immer es sein mochte. Zum Beispiel schrieb sie, später allerdings, ihre Lebenserinnerungen auf, und wieder später schrieb sie, was sie früher nur für die seltenen Großfamilientreffen mit ihrem geliebten Clan getan hatte, nun Gedichte in Reimform. Diese Gedichte hatten immer eine Absicht. Sie formulierten Lebensweisheiten, sollten erbauen und belehren, und manchmal ließ sie, wenn ihr mein Vater wieder einmal übel mitgespielt hatte, ihrer Wut freien Lauf und schrieb ein Spottgedicht auf ihn.

Später, viel später schickte sie mir öfters Kostproben ihrer Gedichte in ihrer zusehends zittrigen Schrift, die mich berührte und mich um das versäumte Leben trauern ließ, das meine Mutter nie gelebt hatte. Sie war keine berühmte Opernsängerin geworden, war nicht als große Gefeierte von einem Opernhaus zum anderen gezogen, sondern war an der Seite ihres Mannes geblieben, was von uns Kindern niemand verstanden hatte, denn wir hatten ihn nur von einer Seite erlebt, die uns unerträglich und lebensfeindlich erschien. Es musste ein Geheimnis geben, wie sie es geschafft hatte, neben diesem Mann zu leben, ohne gänzlich zu zerbrechen.

Das Geheimnis hieß wohl Zeit. Es vergingen die Jahre, die Härte der Kämpfe schwächte sich ab, es muss etwas wie Einkehr gegeben haben zwischen meinem Vater und meiner Mutter, eine Beruhigung, eine Besänftigung. Denn im Laufe der Jahre setzte eine Zufriedenheit ein, so schien es mir, oder zumindest ein Zurechtkommen, anders als in den Jahren der Nervenzusammenbrüche. Niemand kann die Anspannung des Widerstands für immer aufrechterhalten. Irgendwann setzt die Erschöpfung ein und holt sich ihr Recht. Und meine Mutter hatte ihre Gesangsstunden und das fröhliche Geplauder mit ihrer Gesangslehrerin, ihre Besuche bei ihrer Schwester Stefanie, und sie hatte das Auto, ihre große Freiheit. Und sie hatte ihre Gedichte.

5

Auf einer ihrer Reisen beschlossen meine Eltern, dass sie die Wintermonate nicht länger Jahr für Jahr in Österreich verbringen wollten. Sie erstanden das Ferienhaus auf einer kanarischen Insel und verbrachten von da an die kalte Hälfte des Jahres dort. Meine Mutter kaufte dort, wie auch im Dornbirner Haus, ein Elektropiano, auf dem sie abends, wenn mein Vater in den Straßen von San Francisco nach Verbrechern jagte, ihre Weisen spielte, mit Kopfhörern. Auf der Insel schrieb sie auch immer mehr Gedichte, und sie schrieb ihre Lebenserinnerungen zu Ende.

Mein Vater wäre gerne Tag für Tag alleine mit meiner Mutter gewesen, nachmittags in ihrem Stammcafé bei seinem Glas Rotwein, sie bei einem Apfelsaft, doch leutselig wie meine Mutter war, fand sie Anschluss an andere deutschsprachige Pensionisten, lud sie auch in ihr Haus ein, was mein Vater ihr aber nach und nach untersagte. Aber immerhin gab es einen wöchentlichen Treff mit einer Gruppe deutscher Winterspanier, auch wenn mein Vater, der in Gesellschaft charmant und geistreich glänzen konnte, anschließend zu Hause kein gutes Haar an der Runde ließ. Als mein Vater, der Hunde aus hygienischen Gründen verabscheute, von einem solchen angesprungen und, als er einen Schritt zurücktaumelte, über einen Sonnenschirm stolperte und der Länge nach hinfiel, dem Hundebesitzer einen Anwaltsbrief schicken ließ, war auch dieser Stammtisch beendet.

6

Meine Eltern kehrten meist Anfang Mai, kurz vor Muttertag nach Österreich zurück, gerade rechtzeitig, um im Kreis der inzwischen großen Familie das Blumenfest zu begehen.

Ich lebte inzwischen im Ausland, folgte aber regelmäßig Einladungen zu Lesungen in meiner alten Heimat, und lud meine Mutter des öfteren ein, mich zu begleiten.

Sie genoß es, anschließend an diese Lesungen gemeinsam mit den Veranstaltern und ein paar Zuhörerinnen in einem Gasthaus zusammenzusitzen. Meine Mutter sorgte nun, da sie ab einem gewissen Alter jede Scheu und Hemmung abgelegt hatte, für Furore mit ihren Warnungen an die jungen Frauen bei Tisch, es in der Partnerschaft bloß niemals zu einem sogenannten Ehebett kommen zu lassen, denn das Ehebett war nichts anderes als der Ort oder Unort der schlimmsten Unterdrückung der Frau. Es war, so führte meine Mutter vor der staunenden Runde aus, ganz entscheidend, sich als Frau seine Unabhängigkeit zu erkämpfen, und die Unabhängigkeit der Frau begann bei getrennten Schlafzimmern. Darüber konnte sie stundenlang und bilderreich dozieren, was jeden dieser Abende zu einem Feuerwerk an Gelächter und verstohlenen Blicken machte.

Nicht nur einmal lobte mich anschließend an solche Abende eine der Damen bei Tisch für meine außergewöhnliche und mutige Frau Mama.

Das waren Jahre, in denen meine Mutter das Schlimmste überstanden hatte. Das waren Jahre der Ernte, des Lachens und der Vorträge von der Tücke und Gefährlichkeit jeglichen Ehebetts.

Ich war beruhigt, denn ich sah, dass meine Mutter ihren Frieden gemacht hatte mit ihrem Leben, das sie nicht so leben hatte können, wie sie es sich erträumt hatte. Aber irgendwie, auf eine seltsame Weise, war doch noch alles gut geworden.

Wolfgang Hermann

Insel im Sommer

72 Seiten
978-3-7076-0754-3
Hardcover
17,00 Euro

Wie kann man als Vater weiterleben, wenn das Schlimmste passiert ist, wenn das eigene Kind plötzlich nicht mehr da ist? Auf der Flucht vor Vergangenem reist der Vater nach Südfrankreich, an all die Orte, an denen er mit seinem Sohn glücklich war. Immer wieder bricht der Schmerz hervor, doch unverhofft beginnt auch etwas Neues. Wolfgang Hermann erzählt von dem Versuch, nach einem großen Verlust nicht aufzugeben und schafft dabei durch seine poetische Sprache eine ganz besondere Atmosphäre.

Wolfgang Hermann,
geboren in Bregenz, studierte Philosophie in Wien, anschließend lange Aufenthalte in verschiedenen Ländern. 1996–1998 Universitätslektor in Tokio. Lebt in Wien. Zahlreiche Bücher, u. a. »Herr Faustini verreist«, »Abschied ohne Ende«, »Schatten auf dem Weg durch den Bernsteinwald«, »Das japanische Fährtenbuch«, »Walter oder die ganze Welt«, »Der Lichtgeher«, »Herr Faustini bekommt Besuch« und »Insel im Sommer«. Übersetzungen in zahlreiche Sprachen.